俳《はい》句《く》わくわく51

もくじ

言葉の響きは心の響き

西田　拓郎

俳句づくりに取り組む学校が多くなってきました。とてもうれしいことです。ところが、俳句の作り方を教えている学校は少ないようです。難しく考えないで、少しずつ言葉の響き合いや季節感について楽しく考えていけるといいですね。そのためにこの本をまとめました。

俳句づくりは自分の感動を自分自身の言葉で残すことです。俳句の言葉の響きは自分の心の響きなのです。写真やビデオに勝るとも劣らない人生の記録となるでしょう。この本を参考にして、自分らしい俳句をたくさん作ってくださいね。

「俳句わくわく51」は、私の俳句教育実践からできたものです。最近の俳句教室の様子を少しだけ紹介しますね。

(あ)さごはん　(あ)んぱんたべた　(あ)いうえお

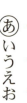

小学1年生に「あいうえお俳句」の授業をしました。手拍子に合わせて楽しく音読します。その後で自分の「あいうえお俳句」をつくります。

(お)かあさん　(お)こってばかり　あいうえ(お)

Aくんはそうノートに書いていました。「(お)がそろったね。じょうずだよ。発表してごらん」と私が言いました。Aくんはすぐに立ったのですが、なかなか発表しません。「どうしたの？　書いたとおりに言えばいいのだよ」と私が言いました。すると、

(お)かあさん　[や]さしいときも　あいうえ(お)

と発表したのです。そうです。お母さんのことを「おこってばかり」だなんてみんなに言いたくなかったのです。「(お)がそろわなかったけれど、この[や]はすごく素敵だよ」と私が言いました。Aくんがにっこりとうなずきました。みんなお母さんが大好きなようです。

1 五《ご》・七《しち》・五《ご》のリズムで

✿はいくえっせい

運動会《うんどうかい》転《ころ》んで友《とも》の顔《かお》を見《み》る

（小6　女子）

「もう少《すこ》しで青団《あおだん》に追《お》いつける」

そう思《おも》った瞬間《しゅんかん》に転《ころ》んでしまいました。すぐに立《た》ち上《あ》がり、アンカーにバトンを渡《わた》しました。アンカーは一生懸命《いっしょうけんめい》に走《はし》ってくれました。でも、結果《けっか》はビリでした。

「一生懸命に走ったのだからいいよ」

アンカーはそう言《い》って私《わたし》の肩《かた》をさわりました。団席《だんせき》のみんなは拍手《はくしゅ》で迎《むか》えてくれました。

俳句《はいく》に挑戦《ちょうせん》！

五・七・五にしよう

運動会　転んで〇の　顔を見る

【〇にはどんな文字《もじ》が入《はい》るかな？】

「〇が一《ひと》つだから一《いち》字だよね」

「俳句は五・七・五だから、ここは二音《におん》だよね」

「すると、二音の漢《かん》字一字が入るはずだね」

例《たと》えば、次《つぎ》のような文字が入りますね。

母《はは》　父《ちち》　親《おや》　姉《あね》　兄《あに》　君《きみ》　皆《みな》　人《ひと》　団

《あどばいす》自分《じぶん》の様子《ようす》を五・七・五のリズムで生《い》き生きと伝《つた》えましょう。好《す》きな俳句を手本《てほん》にしてつくるのも方《ほう》法《ほう》の一つです。ただ、そのまま俳句大会《たいかい》に出《だ》すのは「類《るい》想《そう》」「類句《るいく》」となるのでよくありません。

「はいくえっせい」にしよう

《作品例《さくひんれい》》

運動会転んで蟻《あり》の顔を見る　（中1　男子）

運動会はいつもビリですが一生懸命に走りました。それなのに転んでしまったのです。時間《じかん》が止《と》まったように感《かん》じました。みんなが僕《ぼく》を見ています。僕は立てません。目の前に蟻がいました。広《ひろ》い運動場《じょう》を一生懸命に走っていました。僕はもう一度《ど》立ち上がりました。

2 季語《きご》を入《い》れる

✿はいくえっせい

天高《てんたか》しぞうりをはいたばしょうさん
（小2　にしだ　ゆい）

すみよし公園《こうえん》へ行《い》きました。とてもいい天《てん》気《き》でした。

ばしょうさんのどうぞうがありました。右《みぎ》手《て》につえ、左手《ひだりて》にかさをもっていました。そして、ぞうりをはいていました。ぼくいんさんというお友《とも》だちもそばにいました。

ここは「おくのほそ道《みち》むすびの地《ち》」だそうです。大《おお》きな記《き》ねんかんがありました。

奥《おく》の細道結《ほそみちむす》びの地・松尾芭蕉像《まつおばしょうぞう》＝大垣市船町《おおがきしふなまち》

俳句《はいく》に挑戦《ちょうせん》！

季語はどれかな？

天高しぞうりをはいたばしょうさん

《あどばいす》季節《きせつ》を表《あらわ》す言葉《ことば》を季語と言《い》います。「天高し」は秋《あき》の季語です。秋晴《ば》れの空《そら》は雲《くも》が無《な》く真《ま》っ青《さお》で、とても高く感《かん》じられますよね。俳句は季語を一《ひと》つ入れるようにして作《つく》ります。

【身近《みぢか》な季語をさがそう】

（秋）もみじ　どんぐり　いちょう　柿《かき》

（冬《ふゆ》）おでん　ねぎ　ゆき　ストーブ

【俳句にしよう】

さかあがりひっくりかえる**もみじ**山《やま》　（小3　女子）

ぼくはみそ父《ちち》はからしで**おでん**食《た》べ　（中1　男子）

「はいくえっせい」にしよう

《作品例《さくひんれい》》

芭蕉《ばしょう》さんこんにゃくが好《す》き蛤塚忌《こうちょうき》　（小6　男子）

松尾芭蕉は大垣で「蛤《はまぐり》のふたみにわかれ行《ゆく》秋ぞ」という句を作り「奥の細道」を結びました。これにちなんで、芭蕉さんが亡《な》くなった日《ひ》（10月《がつ》12日《にち》）を蛤塚忌と言います。季語にもなっています。

今日《きょう》は奥の細道むすびの地記念館《きねんかん》で、松尾芭蕉について勉強《べんきょう》しました。芭蕉さんはこんにゃくが大《だい》好きだったそうです。

3 自分《じぶん》を詠《よ》む

✽はいくえっせい

息《いき》を吐《は》く音《おと》のみ聞《き》こえ持久走《じきゅうそう》　（中1　男子）

「ハアッ。ハアッ。ハッ」

息が上《あ》がります。ビリでゴールします。今日《きょう》も持久走の練習《れんしゅう》がありました。

みんなに迷惑《めいわく》をかけまいとがんばりますが、一周走《いっしゅうはし》ると、もう息が上がります。班《はん》のみんなは僕《ぼく》に合《あ》わせてくれます。

「ごめん。僕のせいで」

と言《い》うと、みんなは口《くち》をそろえて
「いいよ。自分のペースでがんばれば」

と言ってくれました。そして、

「一人《ひとり》で走ると自分にあまくなるけれど、仲間《なかま》と走るからがんばることができるのだよね」と班長《はんちょう》が言いました。

わかっているけど、なかなかむずかしいと思《おも》いました。

俳句《はいく》に挑戦《ちょうせん》！

作者《さくしゃ》の発見《はっけん》や感動《かんどう》は何《なに》かな？

息を吐く音のみ聞こえ持久走　季語・冬

「息を吐く音だけが聞こえる」（発見）

「みんな黙《だま》って一生懸命《いっしょうけんめい》に走っている」（感動）

《あどばいす》「俳句を作《つく》る」ことを「俳句を詠む」といいます。自分のことを詠むとよい俳句ができます。今の自分の発見や感動を短《みじか》い言葉《ことば》で書《か》き出《だ》してみましょう。それを俳句の言葉に整《ととの》えましょう。

【自分の発見や感動を書こう】

「オリオン座《ざ》を見《み》つけた」（発見）

「お父《とう》さんがとても新車《しんしゃ》を大切《たいせつ》にしている」（感動）

【俳句にしよう】

冬《ふゆ》の空《そら》オリオンきらりすみわたる　（小4　みさき）

さむいのにくるまをあらうおとうさん（小2　さや）

「はいくえっせい」にしよう

ざりがにのはさみがうごくじゅぎょうちゅう

（小2　さがやま　ゆう）

すいろへざりがにをとりにいきました。たくさんいました。たもでつかまえることができてうれしかったです。じゅぎょうちゅうも元気《げんき》にかっこよくはさみをうごかしていました。

4 感動《かんどう》を季語《きご》で語《かた》る

✿はいくえっせい

かるた取《と》り今年《ことし》の母《はは》は真剣《しんけん》だ
（小5　岡本《おかもと》　優《ゆう》）

お正月《しょうがつ》には家族《かぞく》でかるた取りをします。去《きょ》年《ねん》まではみんなが手《て》を抜《ぬ》いてくれている気《き》がしました。でも、今年は違《ちが》いました。お母《かあ》さんはいつものおしゃべりがなくて、じっとかるたを見《み》つめていました。取った数《かず》は私《わたし》と同《おな》じでした。「強《つよ》くなったね。負《ま》けるかもしれないと思《おも》ったよ」と母が笑《わら》って言《い》いました。

俳句《はいく》に挑戦《ちょうせん》！

感動を季語にしましょう

季語を思《おも》い浮《う》かべながら、「うれしいな」を入《い》れて五《ご》・七《しち》・五にしましょう。そのあと「うれしいな」を季語と入れ替《か》えましょう。

（季語）かるた取り

うれしいな今年の母は真剣だ

←

かるた取り今年の母は真剣だ

《あどばいす》この方法《ほうほう》で俳句をつくると「うれしいな」という感動《かんどう》を季語で語《かた》ることができます。読者《どくしゃ》はいろいろな想像《そうぞう》をふくらませることができます。

うれしいな友達《ともだち》一人《ひとり》増《ふ》えました

←

年賀状《ねんがじょう》友達一人増えました

（尊至《たける》）

うれしいなどこから見ても美《うつく》しい

←

鏡餅《かがみもち》どこから見ても美しい

（唯菜《ゆいな》）

あけてみてびっくりしたよううれしいな

←

あけてみてびっくりしたよお年玉《としだま》

（咲月《さつき》）

晴《は》れ着《ぎ》きて手を合《あ》わせたよううれしいな

←

晴れ着きて手を合わせたよ初《はつ》もうで

（美帆《みほ》）

5 よく見《み》て発見《はっけん》する

✿はいくえっせい

すきやきの　いとこんひっぱり　だしにくい
（小1　いわた　かりん）

わたしのうちでは、よくすきやきをします。わたしがすきなのは、いとこんです。いとこんは、おなべのそこのほうにしずんでいます。ながくてつるつるしています。ひっぱりだすのがたいへんです。

おいしかったです。

（先生《せんせい》から）いとこんを苦労《くろう》しながら食《た》べているところがいいですね。おいしさが伝《つた》わってきます。

俳句《はいく》に挑戦《ちょうせん》！

よく見て発見しましょう

日常《にちじょう》の生活《せいかつ》で、誰《だれ》もが思《おも》っていることだけれども、まだ誰も言葉《ことば》にしていないようなことを発見しましょう。それを五《ご》・七《しち》・五のしらべにのせましょう。

（発見）すき焼《や》きの糸《いと》こんにゃくは取《と》りにくいよ。
←
すきやき（季語・冬）**のいとこんひっぱりだしにくい**

《あどばいす》自分《じぶん》の身《み》のまわりのものやことがらをよく見《み》ると発見できますよ。どんどん書《か》き留《と》めましょう。それを俳句の言葉に整《ととの》えるのです。

（発見）こまを見ていたら目《め》がまわったよ。
←
こままわし（季語・新年）**こまをみてたらめがまわる**
（翔陽《しょうよう》）

（発見）露天風呂《ろてんぶろ》に雪《ゆき》を入《い》れたらすぐに溶《と》けたよ。
←
ろてんぶろ雪（季語・冬）**を入れたらすぐとけた**
（康成《こうせい》）

（発見）手袋《てぶくろ》をはめたままではドアを開《あ》けにくいよ。
←
てぶくろ（季語・冬）**をはめるとドアがあけにくい**
（昴暉《こうき》）

（発見）おひなさまはいつも笑《わら》っているね。
←
いつ見てもひな人形（季語・春）《にんぎょう》**は笑ってる**
（菜津美《なつみ》）

6 思《おも》い出《で》を残《のこ》す

✿はいくえっせい

最終《さいしゅう》のチャイムが鳴《な》って卒業式《そつぎょうしき》

（小6　木塚悠太《きづかゆうた》）

最後《さいご》の授業《じゅぎょう》が終《お》わります。明日《あす》は卒業式です。卒業証書《しょうしょ》を見《み》て小学校《しょうがっこう》で自分《じぶん》ががんばった日々《ひび》を思い返《かえ》します。運動会《うんどうかい》、合唱発表《がっしょうはっぴょう》会《かい》、先生《せんせい》や仲間《なかま》たちとのお別《わか》れ、なつかしい校舎《こうしゃ》……。

こんな日があと数日《すうじつ》で来《く》ると思うと、先生や友達《ともだち》の顔《かお》をしみじみと見たり、校舎や運動場《じょう》をながめたりしてしまいます。

思い出をかみしめて僕《ぼく》は中学生《ちゅうがくせい》になります。

俳句《はいく》に挑戦《ちょうせん》！

俳句で思い出を残しましょう

大切《たいせつ》な思い出は写真《しゃしん》やビデオに撮《と》ったりすることがあります。とてもよい記念《きねん》になりますね。俳句で思い出を残すこともなかなか印象的《いんしょうてき》ですよ。

（思い出）明日は卒業式。小学校で聞《き》く最後のメロディーチャイムが鳴るよ。うれしいけれども寂《さび》しいな。

←

最終のチャイムが鳴って卒業式（季語・春）

《あどばいす》何《なに》を見て感動《かんどう》（うれしい・さびしい）しましたか？　それを季語と組《く》み合《あ》わせて表現《ひょうげん》しましょう。

例《れい》

（思い出）6年間《ねんかん》、何度《なんど》も校門《こうもん》を行《い》き来《き》したよ。

←

校門の風《かぜ》が止《と》まって卒業式（明香里《あかり》）

（思い出）最高《さいこう》の姿《すがた》で卒業式に出るよ。

←

制服《せいふく》の名前《なまえ》確《たし》かめ卒業式（珠莉亜《みりあ》）

（思い出）お世話《せわ》になったランドセル。ありがとう。

←

ランドセル机《つくえ》に置《お》いて卒業式（隆斗《りゅうと》）

（思い出）思い出がいっぱい詰《つ》まっているよ。

←

思い出を心《こころ》にしまう卒業式（朱生《しゅな》）

7 俳句《はいく》で交流《こうりゅう》

✿はいくえっせい

太平洋《たいへいよう》めざして進《すす》む流《なが》しびな
（小6　西田芽生《にしだめい》）

「奥《おく》の細道《ほそみち》」むすびの地《ち》は大垣《おおがき》ですが、出《しゅっ》発《ぱつ》の地は東京都荒川区《とうきょうとあらかわく》です。どちらも松尾芭《まつおば》蕉《しょう》にちなんで大《おお》きなこども俳句大会《はいくたいかい》を行《おこな》い交《こう》流《りゅう》しています。

荒川の子《こ》の俳句は、私《わたし》たちとは違《ちが》う感《かん》じ方《かた》をしたり、あまり使《つか》わない言葉《ことば》を使ったりするので交流がとても楽《たの》しみです。

奥の細道矢立初めの地　子ども俳句相撲大会（東京都荒川区南千住）

俳句《はいく》に挑戦《ちょうせん》！

句会《くかい》を開《ひら》きましょう

お友達《ともだち》がつくった俳句から好《す》きな俳句を選《えら》んで、発表《はっぴょう》しあいましょう。好きな理由《りゆう》も言《い》えるといいね。

【準備《じゅんび》】

つくった俳句に番号《ばんごう》を付《つ》けて次のような一覧表《いちらんひょう》にしましょう。名前《なまえ》は伏《ふ》せておきましょう。

串原小学校句会投句一覧表

1　浮輪《うきわ》して入ると海《うみ》が揺《ゆ》れている
2　しもやけの指《ゆび》の先《さき》まで似《に》る親子《おやこ》
3　青空《あおぞら》が広《ひろ》いと知《し》った卒業式《そつぎょうしき》
…

【句会の進《すす》め方の例《れい》】

①選句《せんく》　一覧表から自分《じぶん》が好きな俳句を選ぶ。
②披講《ひこう》　自分が好きな俳句を読《よ》み上《あ》げる。
例《れい》「西田拓郎選《にしだたくろうせん》　9番《ばん》
青空《あおぞら》が広《ひろ》いと知《し》った卒業式《そつぎょうしき》」
③名乗《なの》り　作者《さくしゃ》が自分の名前を名乗る。
例「加納舞衣《かのうまい》」
④点盛《てんも》り　読み上げられた俳句の数《かず》を集計《しゅうけい》する。
⑤鑑賞《かんしょう》　高得点句《こうとくてん》の鑑賞をしあう。
⑥講評《こうひょう》　指導者《しどうしゃ》の話《はなし》を聞《き》く。

【句会のコツ】

・テンポよく進めましょう。
・大きな声《こえ》でリズムよく俳句を読み上げましょう。
・選んだ俳句のよさを交流し学《まな》び合《あ》いましょう。

8 夢《ゆめ》をのせる

✿はいくえっせい

きょうだいで探《さが》す四《よ》つ葉《ば》のクローバー

（小5　片岡莉子《かたおかりこ》）

家《いえ》の近《ちか》くにクローバーがたくさん咲《さ》いている所《ところ》があります。四つ葉のクローバーを見《み》つけるとしあわせになれるというので、きょうだいで一生《いっしょう》けんめい探しています。

四つ葉のクローバーは、ふさふさとしげっている所にはありません。みんなによくふまれる所をよく探すとあります。三人《さんにん》でいっしょに見つけたいと思《おも》います。

（先生《せんせい》から）よく踏《ふ》まれる所に幸《しあわ》せはあるのですね。覚《おぼ》えておきます。

俳句《はいく》に挑戦《ちょうせん》！

言葉《ことば》に夢をのせましょう

作者《さくしゃ》も読《どく》者も幸せな気持《きも》ちになる夢のある俳句をつくりましょう。

（作者）四つ葉を見つけるといいことがありそうだ。
←
きょうだいで探す四つ葉のクローバー（季語・夏）
←
（読者）仲良《なかよ》しきょうだいだね。きっと見つかるよ。

《あどばいす》残念《ざんねん》なことや嫌《いや》なことよりも、うれしいことやたのしいことを、具体的《ぐたいてき》なものやことがらで表現《ひょうげん》しましょう。

例《れい》

（△　桜《さくら》がね散《ち》ってしまうよああ残念）
←
○　**花《はな》ふぶきぼくの頭《あたま》にのっかった**（武琉《たける》）

美《うつく》しい花吹雪《ふぶき》の中《なか》にいる武琉さんの喜《よろこ》びが伝《つた》わってきます。季語は花吹雪（春《はる》）

（△　暑《あつ》いからどこへ行《い》っても嫌になる）
←
○　**ふん水《すい》のまわりで遊《あそ》ぶこどもたち**（優凪《ゆな》）

暑い夏をたのしむ元気《げんき》なこどもの姿《すがた》が目《め》に浮《う》かびます。季語はふん水（夏）

9 季節《きせつ》を味《あじ》わう

✽はいくえっせい

あじさいは小《ちい》さな花《はな》が集《あつ》まって

（小3　浅野琢雅《あさのたくま》）

ぼくの家《いえ》は七人家族《しちにんかぞく》です。お父《とう》さん、お母《かあ》さん、お姉《ねえ》ちゃん、おじいちゃん、おばあちゃん、ひいおばあちゃんとぼくです。家族が多《おお》いのでご飯《はん》もいっぱい作《つく》らなければなりません。だから、ぼくはお風呂《ふろ》のおゆを入《い》れるお手伝《てつだ》いをしています。

そして、毎日《まいにち》、学校《がっこう》に行《い》く前《まえ》に、仏《ぶつ》だんのひいおじいちゃんに「行ってきます」と言《い》います。

（先生《せんせい》から）ひいおじいちゃんも、毎日「行ってらっしゃい」と言っておられると思《おも》います。

俳句《はいく》に挑戦《ちょうせん》！

季節を味わいましょう

身《み》の回《まわ》りにある季節（植物《しょくぶつ》、動物《どう》、時季《じき》、行《ぎょう》事《じ》、気候《きこう》）を味わいましょう。じっくり味わうとさらに美《うつく》しいものや楽《たの》しいものが見《み》えてきます。それを俳句にしましょう。

【見つけた季節】

あじさい　かたつむり　つゆ　田植《たう》え　暑《あつ》さ

↓

【味わう】

・つやつやしてきれいだな。
・大《おお》きな花だな。
・あれっ。よく見ると小さな花が集まっているんだ。
・一つの家族みたいだね。

↓

あじさいは小さな花が集まって

《あどばいす》　あじさいの美しさをよく味わってみましょう。かわいらしい小さな花が集まって大きな花になっていますね。琢雅さんはこれに気付《きづ》いたのです。皆《みな》さんも身の回りにある季節の秘密《ひみつ》を見つけましょう。

例《れい》

ころもがえ前《まえ》きた服《ふく》が小さいよ　（美伶《みれい》）

去年着《きょねんき》ていた夏物《なつもの》の服はもう小さくなっていたのですね。季語《きご》はころもがえ（夏）

日焼《ひや》けしてまぶしくなったわたしの歯《は》　（咲優《さや》）

日焼けしたことによって歯の白《しろ》さが際《きわ》だってきたのですね。健康《けんこう》ですね。季語は日焼け（夏）

10 読者《どくしゃ》に想像《そうぞう》させる

✽はいくえっせい

せんぷうき早《はや》くこっちを向《む》いてよね

（小5　山口莉奈《やまぐちりな》）

休《やす》み時間《じかん》は外《そと》で元気《げんき》に遊《あそ》びます。教室《きょうしつ》にもどってくると、最初《さいしょ》に水筒《すいとう》のお茶《ちゃ》をゴクゴク飲《の》みます。すると、涼《すず》しい風《かぜ》が吹《ふ》いて来《き》ます。そして三時間《さんじかん》めの授業《じゅぎょう》もがんばろうという気《き》持《も》ちになります。

（先生《せんせい》から）ゴクゴクとのどが鳴《な》る音《おと》が聞《き》こえてきます。扇風機《せんぷうき》は公平《こうへい》にやる気を配《くば》っています。

俳句《はいく》に挑戦《ちょうせん》！

読者に想像してもらいましょう

俳句は作者《さくしゃ》と読者が一緒《いっしょ》になって創《つく》り上《あ》げる物語《ものがたり》です。様子《ようす》や気持ちを読者に想像してもらうことができるように作《つく》りましょう。

【作者が表現《ひょうげん》したいこと】

休み時間　元気　遊び　運動場《うんどうじょう》　教室　暑《あつ》い　水筒

扇風機　授業

←

【俳句】

せんぷうき早くこっちを向いてよね

←

◎莉奈さんは扇風機（夏《なつ》）のことだけに絞《しぼ》ったのだね。

【読者が想像すること】

・とても暑いのだね。

・首振《くびふ》り扇風機があるんだ。

・扇風機にお願《ねが》いしたい気持ちなんだ。

《あどばいす》 気持ちの言葉《ことば》を使《つか》わないで、表現《ひょうげん》したいことの中心《ちゅうしん》になる部分《ぶぶん》だけを言葉で写《うつ》し取《と》りましょう。

例《れい》

かぶと虫大《むしおお》きなつのが光《ひか》ってる　（大輔《だいすけ》）

自慢《じまん》のかぶと虫なんだね。季語《きご》はかぶと虫（夏）

11 できごとを詠《よ》む

はいくえっせい

取《と》りこんだせんたく物《もの》からせみが飛《と》ぶ
（小4　野田康成《のだこうせい》）

夏休《なつやす》みのお手伝《てつだ》いで、せんたく物を取りこみました。セミがくっついていることを知《し》らずにタオルをたたんだら、急《きゅう》にセミが飛び出《だ》したのでびっくりしました。ぼくの家族《かぞく》は全《ぜん》員《いん》セミが苦手《にがて》です。だから家族じゅうおおさわぎになりました。

　ぼくたちもびっくりしましたが、セミもきっとびっくりしたのだと思《おも》います。

（先生《せんせい》から）セミは気持《きも》ちよくタオルにくるまっていたのでしょう。苦手なセミへの思いやりもすてきだね。

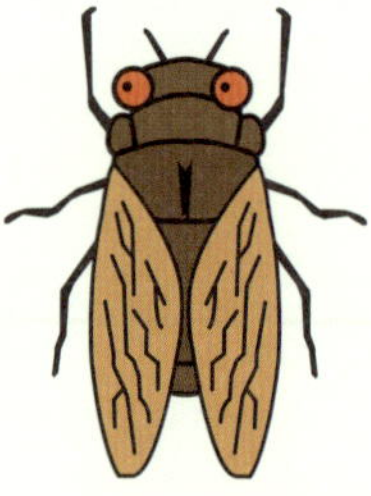

俳句《はいく》に挑戦《ちょうせん》！

俳句日記をつけよう

私《わたし》たちの生活《せいかつ》には、毎日《まいにち》たのしいできごとやうれしいできごとが必《かなら》ずあります。それを逃《のが》さず俳句にしましょう。毎日続《つづ》けると俳句日記《にっき》ができますよ。

【できごと】
お手伝いをした。取り込んだ洗濯《せんたく》物をたたんでいたらセミが飛んだ。家族みんなが驚《おどろ》いた。

←

【俳句】
取りこんだせんたく物からせみが飛ぶ

◎驚いたことは省《はぶ》いてセミの様子《ようす》に焦点《しょうてん》を当《あ》てたのだね。

【俳句日記の魅力《みりょく》】
・短《みじか》い言葉《ことば》で感動《かんどう》を記録《きろく》できる。
・ありのままの表現《ひょうげん》で時間《じかん》がかからない。
・一日《いちにち》をよく振《ふ》り返《かえ》ることができ毎日が楽《たの》しくなる。

《あどばいす》 できごとの中心《ちゅうしん》を俳句にしましょう。そのほかに表現したいことはエッセーにして添《そ》えておきましょう。

例《れい》　――は季語《きご》（夏《なつ》）

大《だい》プール笑顔《えがお》いっぱいあふれ出《で》る　（布季《ふき》）
畑《はたけ》でね取れたトマトにかぶりつく　（美帆《みほ》）

12 一生懸命《いっしょうけんめい》を詠《よ》む

✿はいくえっせい

さあ来《こ》いと流《なが》しそうめん受《う》け止《と》める
（小3　土川友理華《つちかわゆりか》）

　家族《かぞく》で流しそうめんを食《た》べに行《い》きました。水《みず》の中《なか》を流れてくるそうめんは、目《め》の前《まえ》をとおりすぎてしまいます。とれると思《おも》っても、前の人《ひと》にとられてしまうこともあります。そういう時《とき》は、とてもくやしく感《かん》じます。わたしは、「今度《こんど》こそとるぞ」と気合《きあ》いを入《い》れてまちました。両足《りょうあし》をかたはばにひらいて、少《すこ》しこしをひくくして「さあ来い！」と流れてくる方《ほう》をじっと見《み》ました。そしたらタイミングよくすくえました。おじいちゃんの分《ぶん》もとってあげました。

（先生《せんせい》から）まるですもうでもとっているかのように流しそうめんに立《た》ち向《む》かっている友理華さんの姿《すがた》が目に浮《う》かびます。

俳句《はいく》に挑戦《ちょうせん》！

一生懸命にやったことを俳句に

一生懸命にやったことの中には感動《かんどう》が詰まっています。その様子《ようす》をとらえて俳句にしましょう。

【やったこと】

流しそうめん（季語《きご》・夏《なつ》）

【一生懸命な様子】

両足をかたはばにひらいて、少しこしをひくくして「さあ来い！」

←

【俳句】

さあ来いと流しそうめん受け止める

◎「さあ来い」という気合いで一生懸命な様子を表《ひょう》現《げん》したのだね。

《あどばいす》何気《なにげ》ない普段《ふだん》の生活《せいかつ》の中にも一生懸命やったことは必《かなら》ずありますよ。

例《れい》　——は季語（夏）

うんどう会《かい》くつがぬげてもがんばるぞ（小2　みずほ）

入道雲《にゅうどうぐも》ねらいふりぬくホームラン（小6　優一《ゆういち》）

13 自分《じぶん》の感《かん》じ方《かた》で

✿はいくえっせい

柿《かき》の色《いろ》夕日《ゆうひ》にあたりさらにこく
（小5　杉浦《すぎうら》二美菜《ふみな》）

学校《がっこう》の帰《かえ》り道《みち》に柿の木《き》があります。このごろ、日《ひ》が落《お》ちるのが早《はや》くなったので、柿に夕日があたってとてもきれいです。今《いま》すぐにでも、ちぎって持《も》って帰りたいくらいに甘《あま》そうです。

家《いえ》に帰ると、おばあちゃんが柿をむいてくれました。

（先生《せんせい》から）おばあちゃんも帰り道の柿を見《み》ていたのかもしれませんね。

俳句《はいく》に挑戦《ちょうせん》！

自分の感じ方で表現《ひょうげん》しましょう

「夕日が美《うつく》しいな」「柿が真《ま》っ赤《か》だな」などのように感じるのはみんな同《おな》じです。さらによく見て自分自身《じしん》の感じ方を俳句の言葉《ことば》にしましょう。

【情景《じょうけい》】

柿に夕日があたってとてもきれい

←

【二美菜さんの感じ方】

真っ赤に実《みの》った柿が、真っ赤な夕日を浴《あ》びて、もっと真っ赤に見える。

←

【俳句】 ――は季語《きご》（秋《あき》） ――は自分の感じ方

柿の色夕日にあたりさらにこく

◎「さらに」という言葉が生《い》きていますね。

《あどばいす》おおげさな表現をするのではなく、ありのままの感じ方を大切《たいせつ》にしましょう。

例《れい》 ――は季語（秋） ――は自分の感じ方

ながれぼしいつもねがいがまにあわず （小1 ゆいか）

コスモスが風《かぜ》にゆられて歌《うた》い出《だ》す （小3 遥菜《はるな》）

どんぐりがころころ落《お》ちておにごっこ （小5 侑奈《ゆうな》）

もみじがねお化《け》しょうをして真っ赤っか （小5 琴子《ことね》）

鈴虫《すずむし》が鳴《な》く音楽祭夜開始《おんがくさいよるかいし》 （中1 晃輔《こうすけ》）

14 体験《たいけん》を詠《よ》む

✿はいくえっせい

伊賀《いが》に来《き》て芭蕉《ばしょう》と同《おな》じ栗拾《くりひろ》う
（小5　榎《え》並《なみ》美《み》月《つき》）

大垣市《おおがきし》のこども俳句教室《きょうしつ》で伊賀市にある松《まつ》尾《お》芭蕉の生家《せいか》に行《い》きました。思《おも》っていたより大《おお》きくてびっくりしました。庭《にわ》に芭蕉の木《き》がありました。芭蕉のもともとの名前《なまえ》は金作《きんさく》でしたが、この木を見《み》て芭蕉と名乗《なの》るようになったそうです。

そのとなりに栗の木がありました。いがに入《はい》ったままの栗がたくさん落《お》ちていました。いがに入ったままの栗は見たことがなかったので、とてもうれしく思いました。

（先生《せんせい》から）大垣市は奥《おく》の細《ほそ》道《みち》むすびの地《ち》。これからも伊賀市といろいろな交流《こうりゅう》をしていきたいね。

俳句《はいく》に挑戦《ちょうせん》！

体験を俳句にしましょう

体験には感動《かんどう》が詰《つ》まっています。何《なに》に対《たい》して感動したのかを短《みじか》い言葉《ことば》で取《と》り出《だ》し、中心《ちゅうしん》をはっきりさせて俳句に表《あらわ》すことが大切《たいせつ》です。

【体験】

伊賀市にある芭蕉の生家に行った。庭には、いがに入ったままの栗がたくさん落ちていた。昔《むかし》は芭蕉も拾っていたのだろう。

↓

【短い言葉】　――は美月さんが使《つか》った言葉

伊賀市　松尾芭蕉　生家　庭　芭蕉　栗　初《はじ》めて

毬《いが》　とげとげ　栗拾い

↓

【俳句】　――は季語（秋《あき》）

伊賀に来て芭蕉と同じ栗拾う

【お友《とも》だちの感想《かんそう》から】

・芭蕉さんと同じ栗を拾ったと感《かん》じたところがよい。

・同《おな》じ読《よ》み方《かた》なので「伊賀」は「毬」にも感じられる。

《あどばいす》　取り出した言葉の中《なか》に季語《きご》があるかな。もしなければよく探《さが》して見つけましょう。その季語を入れて五《ご》・七《しち》・五に整《ととの》えましょう。

例《れい》　――は季語（秋）　――は体験

くりごはんいっぱい食《た》べて元気《げんき》出す　（小4　柚月《ゆつき》）

冬《ふゆ》の風《かぜ》はだにじんじんつきささる　（小4　凜爽《りさ》）

15 見《み》たものを詠《よ》む

✿はいくえっせい

校庭《こうてい》の雪《ゆき》だるま見《み》て授業中《じゅぎょうちゅう》
（小6　木《き》村《むら》ひな胡《こ》）

休《やす》み時間《じかん》のあと、3時間目《じかんめ》は算数《さんすう》です。私《わたし》は算数が苦手《にがて》なので、ときどきため息《いき》をつきたくなります。ふと目《め》をそらし、校庭を見ると、ぽつんと雪だるまが立《た》っていました。

「誰《だれ》が作《つく》ったんだろう」

雪だるまは、私に、にっこり笑《わら》って「算数がんばって」と言《い》いました。私もにっこり笑って「うん」とこたえました。

（先生《せんせい》から）雪だるまは、雪の世界《せかい》から、ひな胡さんの応《おう》援《えん》に来《き》たのかもしれません。

俳句《はいく》に挑戦《ちょうせん》!

何《なに》を見て心《こころ》を動《うご》かされたのかな?

実際《じっさい》に自分《じぶん》で見たものの様子《ようす》を言葉《ことば》で写《うつ》し取《と》りましょう。言葉で写真《しゃしん》を撮《と》るように俳句にするのです。

【見たもの】校庭の雪だるま

↓　――は季語《きご》(冬《ふゆ》)

【俳句】

校庭の雪だるま見て授業中

【お友《とも》だちの感想《かんそう》から】

・外《そと》は晴《は》れていて雪だるまが光《ひか》り輝《かがや》いているようだ。

・作者《さくしゃ》は雪だるまのことが気《き》になるのだね。

・作者ははやく外《そと》で遊《あそ》びたいんだ。

《**あどばいす**》気持《きも》ちを表《あらわ》す言葉は書《か》かず、興味《きょうみ》のあるものの様子をそのまま表現《ひょうげん》しましょう。読者《どくしゃ》の想像《そうぞう》がふくらんでたのしい俳句になります。

例《れい》

【見たもの】雪合戦《がっせん》であてられた雪を投《な》げ返《かえ》した

↓

【俳句】

雪合戦あたった雪をまた投げる　(小6　彩華《あやか》)

〈失敗例《しっぱいれい》〉

△川《かわ》遊びさんまをつって大漁《たいりょう》だ

△冬眠《とうみん》でくまやたぬきが寝《ね》ているよ

《**あどばいす**》実際《じっさい》に見たことではなく、頭《あたま》の中《なか》で考《かんが》えたことを書いても、読者の想像はなかなかふくらみませんよ。

16 伝統文化《でんとうぶんか》を大切《たいせつ》に

✽はいくえっせい

せいざして足《あし》がしびれるかるた取《と》り

（小3　木《き》村《むら》ひより）

はいく教室《きょうしつ》で、はいくのかるた取りをしました。みんなはりきっていました。わたしは、みんなに負《ま》けないように、せいざをして読《よ》み手《て》の声《こえ》をよく聞《き》きました。そして、一生《いっしょう》けんめい札《ふだ》を取りました。そしたら、三番《さんばん》になりました。

立《た》とうとしたら、足がすごくしびれていました。がんばりました。

（先生《せんせい》から）正座《せいざ》すると読み手の声がよく聞こえたのですね。よい作戦《さくせん》を考《かんが》えました。

俳句《はいく》に挑戦《ちょうせん》！

伝統文化を言葉《ことば》で残《のこ》しましょう

私《わたし》たちの生活《せいかつ》の中《なか》には、古《ふる》くから伝《つた》わる日本《にほん》の伝統的《てき》な文化がたくさんあります。俳句の言葉に残して、ぜひそのよさを受《う》け継《つ》ぎましょう。お正《しょう》月《がつ》の伝統文化には何《なに》がありましたか？

【お正月の伝統文化の例《れい》】

除夜《じょや》の鐘《かね》　年賀状《ねんがじょう》　福笑《ふくわら》い　初《はつ》もうで　お年玉《としだま》

かるた取り　お雑煮《ぞうに》　書初《かきぞ》め　寒《かん》げいこ　どんど焼《や》き

←

【俳句】　――は季語《きご》（新年《しんねん》）

せいざして足がしびれるかるた取り

【お友《とも》だちの会話《かいわ》から】

「どうして正座したのかな」

「正《ただ》しい姿勢《しせい》だとたくさん取れるんだよ」

「真剣《しんけん》だったのだね」

《あどばいす》その伝統文化の特徴《とくちょう》を見《み》つけるといいよ。ひよりさんは「かるた取り」から「正座」を見つけたのですね。

例《れい》

【除夜の鐘】

妹《いもうと》がよく眠《ねむ》ってる除夜の鐘　（ひな胡《こ》）

【年賀状】

年賀状友だちひとりふえました　（尊至《たける》）

【福笑い】

福笑いあるあるこんな顔《かお》の人《ひと》　（詩子《うたこ》）

【初もうで】

初もうでみんなの願《ねが》いいっぱいだ　（莉歌子《りかこ》）

17 季語《きご》で気持《きも》ちを

✿はいくえっせい

かけざんの九九《くく》が言《い》えたよ冬《ふゆ》のにじ
（小2　まつの　かほ）

わたしは、九九の八《はち》のだんがぜんぜん言えません。とくに（はちろくしじゅうはち）8×6＝48なのに、（はちろくしじゅうに）8×6＝42と言ってしまいます。なおそうとしたけれど、42とおぼえてしまったんだと思《おも》います。

でも、友《とも》だちが、48だよと教《おし》えてくれたおかげで、八のだんが言えるようになりました。うれしかったです。

絵　まつのかほ

（先生《せんせい》から）八の段《だん》はむずかしいね。先生も時々迷《ときどきまよ》います。

俳句《はいく》に挑戦《ちょうせん》！

季語で気持ちを表現《ひょうげん》しましょう

「うれしい」「悲《かな》しい」をはじめ、私《わたし》たちはいろいろな気持ちになります。その気持ちを季語で表現すると、想像《そうぞう》が広《ひろ》がり、味《あじ》わい深《ぶか》い俳句になりますよ。あなたの気持ちにぴったりの季語を選《えら》びましょう。

【教室《きょうしつ》での会話《かいわ》】　——は季語（冬《ふゆ》）

かほ「かけざんの九九が言えたよ」

先生「よかったね。そのまま俳句にしてごらん」

かけざんの九九が言えたよ（　季語　）

かほ「（冬の夜《よる》）にしようかな」

たかひと「何《なに》かさみしいね」

あやか「（雪《ゆき》だるま）はどうなの？」

ゆうき「雪だるまに言っているみたいだね」

かほ「うれしかったから（冬のにじ）にするよ」

かけざんの九九が言えたよ冬のにじ

先生「九九が言えたときの気持ちが、（冬のにじ）にぴったりだったのだね」

【季語から受《う》ける感《かん》じ】

冬の夜　→暗《くら》い　寒《さむ》い

雪だるま　→どっしり　ともだち

冬のにじ　→きれい　めずらしい

《あどばいす》季節のことばを季語と言います。いろんな季語をたくさん集《あつ》めてみましょう。今《いま》、あなたのまわりにどんな季語がありますか？

18 やさしい気持《きも》ちで（人《ひと》）

✿はいくえっせい

桜咲《さくらさ》くとても長生《ながい》きおじいちゃん
（小6　小谷響子《こたにきょうこ》）

ひいおじいちゃんの九十歳《きゅうじっさい》の誕生日《たんじょうび》に親戚《しんせき》みんなで旅行《りょこう》に行《い》きました。

ひいおじいちゃんと話《はな》すときは耳元《みみもと》で話さないと聞《き》こえません。ひいおじいちゃんが話すときは、親戚みんなが静《しず》かにします。

ひいおじいちゃんは、「みんなそろって元《げん》気《き》やで、うれしいな」と言《い》って話し始《はじ》めました。

（先生《せんせい》から）仲良《なかよ》しの親戚だね。ひいおじいちゃんのおかげだと思《おも》います。

俳句《はいく》に挑戦《ちょうせん》！

やさしい気持ちで表現《ひょうげん》しましょう

怒《おこ》ったり、腹《はら》を立《た》てたりしていては、よい俳句はできません。やさしく穏《おだ》やかな気持ちで、ものごとを見《み》つめると、よい俳句は生《う》まれます。

【響子さんにインタビュー】　——は季語《きご》（春《はる》）

先生「どうして（桜咲く）なのかな？」

響子「桜の花《はな》がいっぱいきれいに咲いています。でも、よく見ると幹《みき》の表面《ひょうめん》がごつごつしていたり、穴《あな》があいたりしています。ずいぶん老木《ろうぼく》だったのです」

先生「ひいおじいちゃんの姿《すがた》と似《に》ているのだね」

響子「そうです。ひいおじいちゃんは年《とし》を取《と》ったけれど、たくさんのことを教《おし》えてくれます」

先生「いつまでも大切《たいせつ》にしてくださいね」

響子「はい」

桜咲くとても長生きおじいちゃん　——似《に》ている——

《あどばいす》ひいおじいちゃんと桜を結《むす》び付《つ》けたところがよかったね。やさしさが感《かん》じられます。

例《れい》

＊どんなやさしさが感じられるかな？

妹《いもうと》と春からならぶランドセル　（美咲《みさき》）

さくらんぼ二人《ふたり》で食《た》べて仲直《なかなお》り　（幸治郎《こうじろう》）

新《あたら》しいクラスメートと春の風《かぜ》　（希歩《のあ》）

勉強をがんばるぼくに花ふぶき　（向日昇《ひゅうと》）

わらびとりたくさんとってばあちゃんに　（まとい）

19 好《す》きな俳句《はいく》を

✿はいくえっせい

部活動《ぶかつどう》はじめよつ葉《ば》のクローバー　（小5　椿井楓果《つばいふうか》）

昨年《さくねん》、俳句クラブでいっしょだった6年生《ねんせい》に感謝《かんしゃ》の気持《きも》ちで作《つく》った俳句です。中学校《ちゅうがっこう》でもう部活動をはじめています。6年生は、自分《じぶん》が作った俳句を、みんなによく聞《き》こえる大《おお》きな声《こえ》で発表《はっぴょう》していました。

私《わたし》は、西川練《にしかわれん》さんが作った

北窓《きたまど》を開《ひら》くと風《かぜ》がやわらかい

という俳句が好《す》きです。「風がやわらかい」という表現《ひょうげん》がすてきで、春《はる》になった様子《ようす》がよく伝《つた》わってきます。

私も、年下《としした》の子《こ》のお手本《てほん》になれるように、よい俳句をたくさん作ったり、堂々《どうどう》と発表したりしようと思《おも》っています。

（先生《せんせい》から）先輩《せんぱい》にも後輩《こうはい》にも楓果さんにも、よいことがありそうな気《き》がします。

俳句《はいく》に挑戦《ちょうせん》！

好きな俳句を見《み》つけましょう

お友達《ともだち》などが作った俳句から、自分《じぶん》が好きな俳句を見つけましょう。何回《なんかい》も口《くち》ずさんで味《あじ》わうと、自分の俳句作りにも生《い》きてきます。

【好きな俳句の発表】　　——は季語《きご》（春《はる》）

〈耕介《こうすけ》〉

お兄《にい》ちゃん入学《にゅうがく》しけんがんばって　（志保《しほ》）

（理由《りゆう》）お兄ちゃんを応援《おうえん》する気持ちが伝わってくるからです。

〈まゆみ〉

春の風ねていたねこもうごきだす　（光起《こうき》）

（理由）暖《あたた》かい春になったことが、猫《ねこ》の姿《すがた》でわかるからです。

〈大修《たいしゅう》〉

おじいちゃん草《くさ》もち食《た》べて語《かた》り出《だ》す　（椋也《りょうや》）

（理由）草餅《もち》がおいしそうで、僕《ぼく》も食べたくなったからです。

《あどばいす》好きな理由もきちんと言《い》えるところがいいね。同《おな》じ季語を使《つか》って俳句を作ってみましょう。

20 季語《きご》を覚《おぼ》える

✿はいくえっせい

いちりんしゃ　するするするすると　はるのかぜ
（小1　なかがき　かほ）

せんせい、あのね。いちりんしゃにのるれんしゅうをしたよ。
おおきいこはじょうずだよ。
わたしの　てをもって　おしえてくれたよ。
わたしも　じょうずに　のりたいな。
（先生《せんせい》から）おおきいこが、やさしく教《おし》えてくれて、うれしいね。

俳《はい》句《く》に挑戦《ちょうせん》！

季語を覚えて俳句にしましょう

季節《きせつ》の言葉《ことば》を季語と言《い》います。たくさん見《み》つけて覚えましょう。季節の生活《せいかつ》がもっとたのしくなりますよ。覚えた季語を一《ひと》つ入《い》れて俳句をつくりましょう。

【春《はる》の季語をいくつ言えるかな】

春の風《かぜ》　うぐいす　桜《さくら》　入学式《にゅうがくしき》　草餅《くさもち》…

【仲間分《なかまわ》けしてみましょう】

自然《しぜん》（春の風　春の山《やま》　春の雲《くも》）

動物《どうぶつ》（うぐいす　ちょう　つばめ）

植物《しょく》（桜　梅《うめ》　チューリップ　菜《な》の花《はな》）

生活（入学式　花見《み》　草餅　風船《ふうせん》）

《あどばいす》季語を集《あつ》めた本《ほん》を「歳時記《さいじき》」といいます。図書館《としょかん》で見てみましょう。

【かほさんは俳句①を②にかえました】

①　いちりんしゃ　するするすると　のれるかな

↓

②　いちりんしゃ　するするすると　はるのかぜ

↓

「いちりんしゃの　ことを　かきました。あとできごと　かえました」

21 体験《たいけん》を交流《こうりゅう》する

✿はいくえっせい

海《うみ》の風《かぜ》しょっぱくなってしおひがり
（小4　川上《かわかみ》幸《こ》花《はな》）

しおひがりに行《い》きました。

海の日《ひ》ざしがとても暑《あつ》かったです。波《なみ》が来《く》るとしょっぱいにおいもいっしょに来《き》ました。私《わたし》が住《す》んでいる所《ところ》のにおいとはぜんぜん違《ちが》いました。

足《あし》はどろどろで、体《からだ》はべたべたになったけれど、貝《かい》がたくさんとれてよかったです。おみそ汁《しる》に入《い》れて食《た》べました。とてもおいしかったです。

（先生《せんせい》から）海の風をしょっぱいと感《かん》じたのですね。なるほど。

俳句《はいく》に挑戦《ちょうせん》！

同《おな》じ体験を俳句にしてみましょう

学校《がっこう》や地域《ちいき》の行事《ぎょうじ》でみんなと同じ体験をすることがあります。俳句にして交流してみましょう。同じ体験をしても、同じ俳句になることはほとんどありませんよ。

【しおひがり俳句の交流】 ＊しおひがりは夏《なつ》の季語《きご》

しおひがりかいがたくさんうまってる
（小2　ひなた）
（感想《かんそう》）砂《すな》の上《うえ》にいるのじゃなくて、砂を掘《ほ》るとたくさん見《み》つかったね。

ばけつもちわくわくするよしおひがり
（小2　まゆか）
（感想）バスに乗《の》って行《い》くときの気《き》もちだね。ぼくもそうだったよ。

海につきやっとはれたよしおひがり
（小2　みのり）
（感想）くもっていたけど、海に着《つ》いたら晴《は》れたね。

しおひがり貝がらたくさんとれました
（小3　英暉《えいき》）
（感想）貝のことより、貝がらのことを俳句にしたのがおもしろいね。

《あどばいす》感じ方《かた》やとらえ方はいろいろあるのですね。感想も交流しましょう。

22 じまんを詠《よ》む

✿はいくえっせい

さぬきうどんすずしい風《かぜ》が吹《ふ》いてくる（小４　齊藤風太《さいとうふうた》）

香川県《かがわけん》へうどんを食《た》べに行《い》きました。高速道路《こうそくどうろ》を通《とお》って五《ご》時間《じかん》でつきました。

一《いっ》けんめは開店前《かいてんまえ》から並《なら》びました。出《で》てきたうどんは太《ふと》さが一センチくらいありました。お父《とう》さんが作《つく》るうどんとは形《かたち》も味《あじ》も違《ちが》いました。二《に》けんめでは、九十六歳《きゅうじゅうろくさい》のおばあちゃんが、そろばんを使《つか》って素早《すばや》く会計《かいけい》をしていました。

三《さん》けんめは、山《やま》の中《なか》で、何《なん》だか自分《じぶん》の家《いえ》に帰《かえ》ったみたいでした。

四《よん》けんめは、すごい行列《ぎょうれつ》で入《はい》れませんでした。

五《ご》けんめは、もうおなかいっぱいでしたが、つるっと食べました。

今度《こんど》行《い》くときは、四けんめのうどんを食べたいです。

（小５　晃輔《こうすけ》より）ぼくもうどんが食べたくなりました。

俳句《はいく》に挑戦《ちょうせん》！

地域《ちいき》のじまんを俳句にしましょう

みなさんが住《す》んでいる場所《ばしょ》や旅行《りょこう》で訪《おとず》れた場所には、かならずじまんのものがあります。ぜひそれを俳句にしましょう。

香川県の特産品《とくさんひん》＝「さぬきうどん」

四国《しこく》にある香川県は、昔《むかし》、讃岐《さぬき》の国《くに》と言《い》いました。うどん県と言われるくらいに、うどんがじまんです。それを「讃岐うどん」と言います。風太さんはこれを食べてきたのですね。

【芭蕉《ばしょう》さんも岐阜《ぎふ》県のじまんを俳句にしています！】

おもしろうてやがてかなしき鵜舟《うぶね》かな（岐阜市《し》）

長良川《ながらがわ》の鵜飼《かい》は岐阜の夏《なつ》の風物詩《ふうぶつし》として受《う》け継《つ》がれ、１３００年以上《ねんいじょう》の歴史《れきし》があります。

蛤《はまぐり》のふたみに別《わか》れ行《ゆ》く秋《あき》ぞ（大垣市《おおがき》）

川舟《かわぶね》の交通《こうつう》が盛《さか》んだった大垣は、蛤の一大消費《いちだいしょうひ》地《ち》でした。「奥《おく》の細道《ほそみち》」をここで結《むす》びました。

葱白《ねぶかしろ》く洗《あら》い上《あ》げたる寒《さむ》さかな（垂井町《たるいちょう》）

垂井は昔からおいしい葱《ねぎ》の生《せい》産地。「ねぶか」はこのあたりの方言《ほうげん》です。

《あどばいす》地域のじまんをさがしましょう。その様子《ようす》をよく見《み》ると、ほら、もう俳句が浮《う》かんできましたよ。

23 観察《かんさつ》する

✿はいくえっせい

どくだみが日《ひ》かげに花《はな》をさかせてる
（小2　三《み》宅《やけ》みのり）

おにわに、くさいはっぱがはえました。名《な》前《まえ》は、どくだみです。

においをかいだら、かめむしと同《おな》じにおいがしました。

花の色《いろ》は白《しろ》色で、まん中《なか》がぽこんとふくらんで黄《き》色になっています。大《おお》すぎとうげの草《くさ》はらにもはえていました。

（先生《せんせい》から）においをかぐには、なかなか勇気《ゆうき》がいりますね。

俳句《はいく》に挑戦《ちょうせん》！

気《き》になったらよく観察しましょう

時間《じかん》をかけてじっくり観察すると、さらにいろいろなものが見《み》えてきます。発見《はっけん》したことを短《みじか》い言葉《ことば》で書《か》きとめていきましょう。

【観察から俳句へ】

①見つけた言葉を下《した》のような図《ず》に表《あらわ》しましょう。

・新《あたら》しい発見や想像《そうぞう》が広《ひろ》がります。

②俳句にするとよい言葉を選《えら》びましょう。

・観察したもののほかに一《ひと》つか二《ふた》つの言葉を選びましょう。みのりさんは黄色の言葉を選びました。

③五《ご》・七《しち》・五に整《ととの》えましょう。

・みのりさんは三《みっ》つの言葉をつないで、さらに「さかせてる」をおぎないました。

←

どくだみが日かげに花をさかせてる　（みのり）

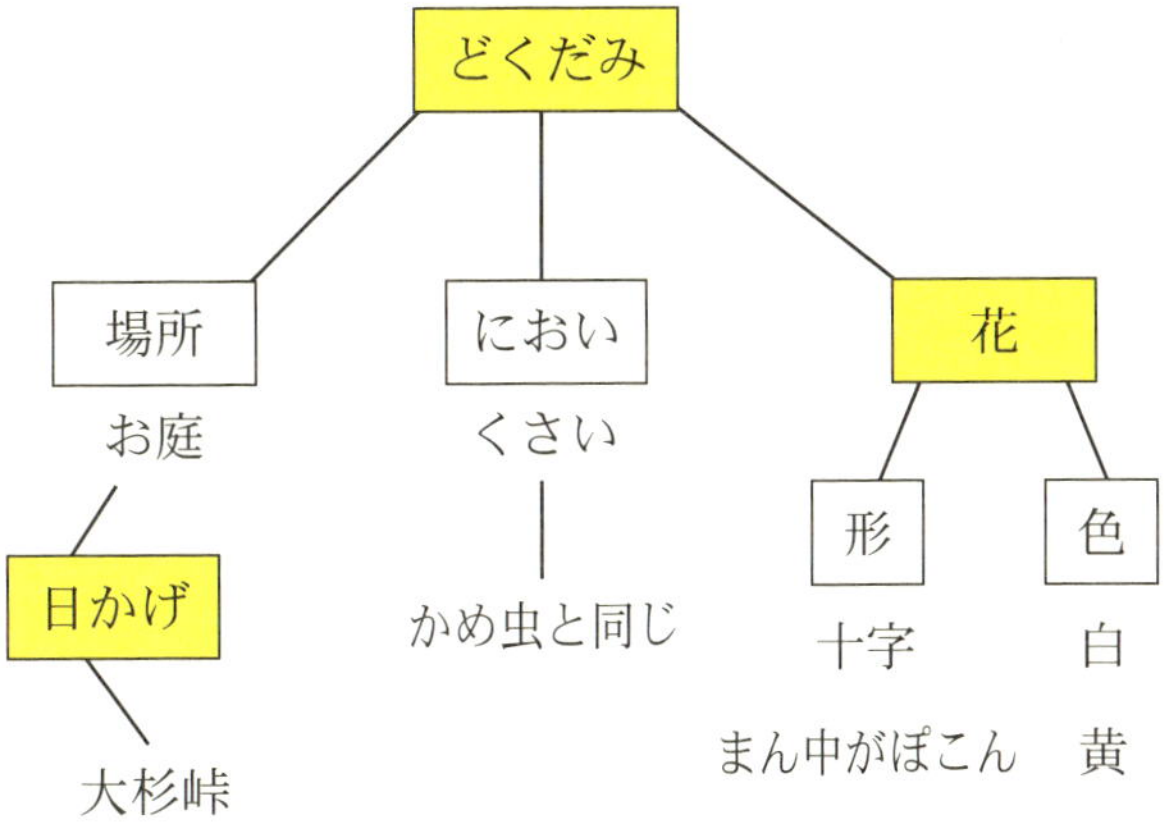

24 俳句《はいく》はあいさつ

✲はいくえっせい

げんかんを開《あ》けたらそこにせみがいた
（小5　野田康成《のだこうせい》）

暑中《しょちゅう》お見《み》まい申《もう》し上《あ》げます。
先生《せんせい》お元気《げんき》ですか。ぼくは五年生《ごねんせい》のクラブで俳句《はいく》クラブに入《はい》りました。そこでクラブ長《ちょう》としてがんばっています。最初《さいしょ》に書《か》いた俳句は、この前《まえ》つくった俳句です。どうですか？
またよい俳句ができたら手紙《てがみ》を書きます。

（先生より）この暑中見舞《まい》いをもらって元気が出《で》ました。ありがとう。

俳句《はいく》に挑戦《ちょうせん》！

俳句であいさつをしましょう

俳句にはあいさつの意味《いみ》を込《こ》めることが多《おお》くあります。読《よ》み手を意識《いしき》して、今《いま》の自分《じぶん》の様子《ようす》や気《き》持《も》ちが伝《つた》わるように工夫《くふう》しましょう。手紙の一番《いちばん》最初《さいしょ》に書いてみましょう。

【康成さんの俳句】

げんかんを開けたらそこにせみがいた

【読み手】遠《とお》くの学校へ行《い》った先生

→

【伝えたいこと】現在《げんざい》の自分の生活《かつ》

○夏《なつ》らしさ

夏を代表《だいひょう》する昆虫《こんちゅう》・せみが鳴《な》いているよ

○楽《たの》しい発見《はっけん》

玄関《げんかん》を開けたらまん前にせみがいてびっくりしたよ

○生《い》き生きとした生活

暑《あつ》さに負《ま》けないで外《そと》にも出ているよ

【芭蕉《ばしょう》さんもあいさつの俳句をつくっています】

五月雨《さみだれ》を集《あつ》めて涼《すず》し最上川《もがみがわ》

芭蕉さんは山形県《やまがたけん》の大石田《おおいしだ》の人たちに喜《よろこ》んで迎《むか》えられました。そこで、この句《く》をつくって、この地《ち》はとても美《うつく》しくて気持ちのよい所《ところ》ですよと伝えました。後《のち》にこの句は「五月雨を集めて早《はや》し最上川」に推敲《すいこう》されました。

25 家族《かぞく》を詠《よ》む

✿はいくえっせい

母《かあ》さんと力《ちから》を合《あ》わせ墓《はか》あらう
（小6　A男《お》）

父《ちち》のお墓まいりに行《い》きました。父はぼくが二歳《にさい》の時《とき》に亡《な》くなりました。だから、あまり覚《おぼ》えていません。だけど、父の思《おも》い出話《でばなし》になりました。母《はは》と兄《あに》が話《はな》しているなか、ぼくは何《なに》を言《い》っていいのかわかりません。

しばらくしてから、ぼくは、「お父《とう》さんがいたから、ぼくがいるのだよね」と言いました。母が「そうだよ」と言いました。

（先生《せんせい》より）A男さんはきっとお父さんによく似《に》ているのだと思います。

俳句《はいく》に挑戦《ちょうせん》！

身近《みぢか》な人《ひと》の様子《ようす》を俳句にしましょう

俳句にするとよいことがらは、身近なところにたくさんあります。家族の様子をよく見《み》てみましょう。俳句の言葉《ことば》が浮《う》かんできますよ。

【家族の様子】

・母、兄、ぼく・お墓まいり・墓あらい・父の思い出・何を言っていいのか・そうだよ

←

この中からA男さんは点線部《てんせんぶ》の言葉を選《えら》んで俳句をつくりました。

【俳句】

母さんと力を合わせ墓あらう　季語・秋　（A男）

《あどばいす》選んだ言葉の中《なか》に季語がなかったら、まわりの様子を思い出して補《おぎな》いましょう。歳時記《さいじき》も参考《さんこう》にしましょう。

【家族を詠んだ俳句】

おじいさんつえをついたらあきばれに　（小1　蒼汰《そうた》）

じいちゃんのきゅうりちくちくしていたい　（小1　たね）

妹《いもうと》とせみのなきごえ聞《き》きに行《い》く　（小2　大成《たいせい》）

月《つき》見れば家族のみんなしあわせだ　（小3　楓《かえで》）

草《くさ》かりをしている父は汗《あせ》だくだ　（小5　英暉《えいき》）

父さんのまねしてふいた草の笛《ふえ》　（小6　美帆《みほ》）

母さんが激《はげ》しく振《ふ》った蠅叩《はえたた》き　（中1　優那《ゆうな》）

26 花《はな》を詠《よ》む

✿はいくえっせい

シクラメンさいて赤《あか》ちゃん生《う》まれます
（小4　片桐瑞貴《かたぎりみずき》）

12月《がつ》に赤ちゃんが生まれます。
私《わたし》は9人《にん》きょうだいになります。
最近《さいきん》、お母《かあ》さんは調子《ちょうし》が悪《わる》くなって入院《にゅういん》しました。だから、みんなで家《いえ》の仕事《しごと》をしています。私は子守《こもり》をしたり食器洗《しょっきあら》いをしたりしています。お母さんはうれしいといっていました。

（先生《せんせい》より）きょうだいで野球《やきゅう》チームができますね。たのしみですね。

俳句《はいく》に挑戦《ちょうせん》！

花《はな》のなまえを俳句に入《い》れましょう

花を嫌《きら》いな人《ひと》はいません。とても美《うつく》しいからです。見《み》ていると心《こころ》がなごみます。そんな花のなまえを入れて自分《じぶん》の様子《ようす》や気持《きも》ちを表現《ひょうげん》しましょう。

【俳句】

シクラメンさいて赤ちゃん生まれます　(瑞貴)

季語・冬

(花奈《かな》)「シクラメンは12月の花だね」

(苺花《まいか》)「瑞貴さんはとてもうれしそうだね」

(美音《みおん》)「家のお手伝いをがんばってね」

【花のなまえを入れて
たんじょう日俳句《び》をつくりましょう】

○○○○○ぱっとさいたらたんじょう日

《あどばいす1》たんじょう月の花が言《い》えるといいね。

(例) 1月…すいせん　2月…うめ　3月…もも　4月…さくら　5月…つつじ　6月…あじさい　7月…ゆり　8月…あさがお　9月…ひがんばな　10月…コスモス　11月…さざんか　12月…シクラメン

《あどばいす2》5音になるように工夫《くふう》しましょう。

(例) すいせんがぱっとさいたらたんじょう日
うめの花　ぱっとさいたらたんじょう日
白《しろ》つつじ　ぱっとさいたらたんじょう日

《あどばいす3》さらに形《かたち》を変《か》えてみましょう。

(例) さざんかのかきねまがるとたんじょう日
たんじょう日あさがおひとつさきました

27 ふるさとの自慢《じまん》を

✽はいくえっせい

化粧《けしょう》して誰《だれ》かわからず村歌舞伎《むらかぶき》
（小6　堀《ほり》　葵《あおい》）

　ふるさと祭《まつり》でこども歌舞伎をしました。私《わたし》は武田勝頼《たけだかつより》の役《やく》です。歌舞伎の声《こえ》は「のー」とのばすところを「のおー」というように、母音《ぼいん》を上《あ》げます。また、一点《いってん》だけを見《み》て演《えん》じます。これがむずかしいところです。でも、もう無理《むり》だというところまで練習《れんしゅう》しました。本番《ほんばん》はきん張《ちょう》して、とちゅうで気持《きも》ちが悪《わる》くなったけれど、最後《さいご》まであきらめずにできました。

（先生《せんせい》より）小学生《しょうがくせい》が演じる戦《せん》国時代《ごくじだい》の恋愛《れんあい》。不覚《ふかく》にも涙《なみだ》してしまいました。

本朝廿四孝《ほんちょうにじゅうしこう》　十種香《じっしゅこう》の段《だん》

俳《はい》句《く》に挑《ちょう》戦《せん》！

ふるさとの自慢を俳句にしましょう

先人《じん》が残《のこ》してくれたふるさとの自慢を大切《たいせつ》にしましょう。俳句の言葉《ことば》にしておくと感動《かんどう》がいつまでも残ります。また、ふるさとに来《き》てくださった人《ひと》へも印象的《いんしょうてき》に伝《つた》えることができます。

【①ふるさとの自慢をあげてみましょう】

＊葵さんの地域《ちいき》では…（恵那市串原地区）

歌舞伎（芸能《げいのう》）、中山太鼓《なかやまたいこ》（芸能）、ささゆり（植物《しょくぶつ》）、温泉《おんせん》（施設《しせつ》）、へぼ（昆虫《こんちゅう》）、こんにゃく（食品《しょくひん》）、布《ぬの》ぞうり（工《こう》芸）、月見《つきみ》どろぼう（風《ふう》習）

【②ふるさとの自慢を入れて俳句をつくりましょう】

――は季語《きご》

こんにゃくいもうえて食《た》べたくなりました　（小3　聡汰《そうた》）

にぎわって子どもはきけんへぼ祭　（小4　幸花《こはな》）

化粧して誰かわからず村歌舞伎　（小6　葵）

冬《ふゆ》の空《そら》太鼓の音《おと》を跳《は》ね返《かえ》す　（中3　実己典《みきのり》）

中山の森《もり》へ祭の太鼓かな　（幸代《ゆきよ》先生）

【③俳句を交流《こうりゅう》して感想《そう》を言《い》いましょう】

《あどばいす》大《おお》きくなるにつれて、ふるさとの感じ方《かた》が変《か》わっていくようです。自分《じぶん》自身《しん》の感じ方・とらえ方をいつまでも大切《たいせつ》にしましょう。

28 自分《じぶん》らしさを

✽はいくえっせい

けん玉《だま》がうまくのったらゆきがふる
（小1　かたぎり　ひなた）

わたしは、けん玉がとくいです。まいにちれんしゅうして、できるようになりました。とんがったところに玉を入《い》れる「けんさき」もできます。うたの「もしもしかめよ」や「あんたがたどこさ」にあわせてするれんぞくわざもできます。

（先生《せんせい》より）驚《おどろ》きました。かわいらしい手《て》が魔法《まほう》のようにけん玉を操《あやつ》ります。雪《ゆき》は拍《はく》手《しゅ》をしているのでしょう。

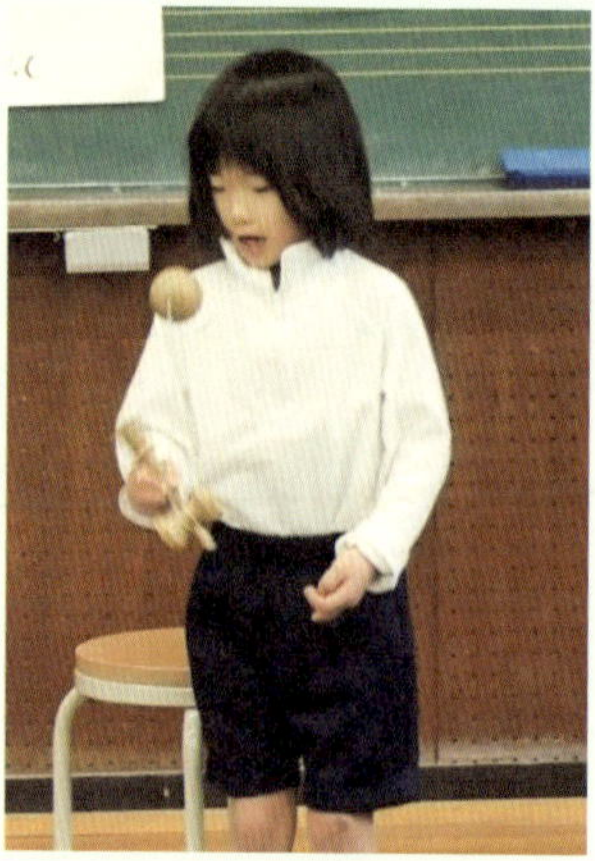

俳句《はいく》に挑戦《ちょうせん》！

自分らしい俳句をつくりましょう

じょうずな俳句をつくろうとするよりも、自分らしい俳句をつくるようにしてみましょう。自分が得意《とくい》なことやがんばっていることに目《め》を向《む》けると自分らしさが出《で》てきますよ。

【①自分が得意なこと（がんばっていること）は何《なん》ですか？】

けん玉　一輪車《いちりんしゃ》　なわとび　ピアノ
サッカー遊《あそ》び　持久走《じきゅうそう》　俳句　計算《けいさん》ドリル
編《あ》み物《もの》…

【②それを入れて俳句をつくりましょう】　——は季語《きご》

冬休《ふゆやす》みなわとびあやとびこうさとび（小2　みのり）
持久走おいぬかされてぬきかえす（小3　英暉《えいき》）
巻《ま》くときを想像《そうぞう》しては編むマフラー（小5　優希《ゆうき》）

【③俳句からお友達《ともだち》の様子《ようす》を想像しましょう】

「みのりさんは色々《いろいろ》な跳《と》び方《かた》ができるのだね」
「英暉さんはがんばり屋やさんだね」
「作品展に出したマフラーだね。温《あた》かそうだったよ」

《あどばいす》想像したことと実際《じっさい》のお友達の様子とが全《ぜん》然《ぜん》違《ちが》うこともあります。それも俳句を鑑賞《かんしょう》する楽《たの》しさです。

29 見《み》せ合《あ》う

✿はいくえっせい

あつあつの　おもちをたべて　どんどやき
（小1　かわかみ　はるか）

どんどやきにいきました。ふゆやすみにかいたかきぞめをもやしました。おもちをたけにさしてやきました。とんじるのなかにいれてたべました。とてもおいしかったよ。

（美由紀《みゆき》先生《せんせい》より）ことしもきっとよい年になるよ。

俳句《はいく》に挑戦《ちょうせん》！

つくった俳句を見せ合いましょう

同《おな》じ行事《ぎょうじ》などに参加《さんか》してつくった俳句を友《とも》だちと見せ合うとたのしくなります。ものごとに対《たい》する見方《みかた》や考《かんが》え方の違《ちが》いに気《き》づくからです。興味《きょうみ》や関心《かんしん》がどんどん深《ふか》まりますよ。

「どんど焼《や》き」＝新年《しんねん》の飾《かざ》りなどを取《と》り払《はら》い、神社《じんじゃ》や広場《ひろば》に持《も》ち寄《よ》って焼くこと。左義長《さぎちょう》。

どんどやきけむりもくもくけむたいな　（小2　みのり）
＊けむたかったね。煙《けむり》に焦点《しょうてん》を当《あ》てたところがいいね。

どんど焼きわたしの習字《しゅうじ》どこいった　（小3　楓《かえで》）
＊私《わたし》も同じ気持ちでした。たくさんあってわからなかったね。

どんど焼きどんどん人《ひと》が集《あつ》まって　（小4　幸花《こはな》）
＊「どんど」のくりかえしがおもしろいね。

どんど焼き勢《いきお》いまして燃《も》え尽《つ》きて　（小6　葵《あおい》）
＊炎《ほのお》が盛《さか》んなときから最後《さいご》まで見届《とど》けたところがいいね。

天《てん》にまで煙が届くどんど焼き　（中1　野《の》の花《か》）
＊「天にまで届く」という感じ方がいいね。

どんど焼き歯《は》をくいしばりだるま燃え　（中3　健《けん》）
＊炎の中《なか》のだるまの表情《ひょうじょう》をとらえたところがおもしろいね。

《あどばいす》お友だちの俳句のよいところやおもしろいところを見つけて伝《つた》え合いましょう。

30 瞬間《しゅんかん》をとらえる

✿はいくえっせい

バーベルをえいと持《も》ちあげつくし出《で》る

（小3　三宅英暉《みやけえいき》）

オリンピックでどうメダルをとったそつぎょう生《せい》がいます。安藤謙吉《あんどうけんきち》さんです。すこしお年《とし》よりです。学校《がっこう》へ来《き》てくださいました。どうメダルをさわらせてもらいました。重《じゅう》りょうあげを見《み》せてくださいました。バランスが少《すこ》しでもくずれるとたおれてしまうそうです。だいぶんれん習《しゅう》をかさねないとできないことだなあと思《おも》いました。ぼくもがんばって、もしできたらオリンピックに出たいです。

（弥生先生《やよいせんせい》より）バーベルを持ちあげるようにつくしも精《せい》いっぱい顔《かお》を出《だ》すのでしょうね。

俳句《はいく》に挑戦《ちょうせん》！

言葉《ことば》で写真《しゃしん》を撮《と》るように

俳句はお話《はなし》（物語《ものがたり》）ではありません。瞬間《しゅんかん》の描《びょう》写《しゃ》です。言葉で写真を撮るようにしてつくるとよいでしょう。シャッターチャンスを見《み》逃《の》がさないように、まずは印象的《いんしょうてき》な言葉を単語《たんご》でメモしておきましょう。

安藤謙吉　オリンピック　銅《どう》メダル　重量挙《じゅうりょうあ》げ
バーベル　持ちあげる　力《ちから》こぶ　拍手《はくしゅ》

【これをもとにして次《つぎ》の手順《てじゅん》で俳句にしましょう】

①印象的な言葉を書《か》き出す。
②五《ご》・七《しち》・五のリズムに整《ととの》える。
③ぴったりの季語《きご》を入《い》れる。
④推敲《すいこう》する。

例《れい》　——季語　——変《か》えた言葉

銅メダルいつか私《わたし》もとりたいな　（小3　楓《かえで》）
←
春《はる》の風《かぜ》いつか私も金メダル
＊金メダルにして語順《ごじゅん》を変えたところがよい。春の風で夢《ゆめ》がかないそうな気《き》がします。

安藤さん重量挙げの力こぶ　（小4　苺花《まいか》）
←
春の山《やま》重量挙げの力こぶ
＊もっこりした力こぶが春の山の様子《ようす》と似《に》ているところをよく見つけました。

バーベルをよいしょ持ちあげ銅メダル　（英暉）
←
バーベルをえいと持ちあげつくし出る
＊「えい」と持ちあげた瞬間をとらえたのがよい。つくしも「えい」と言《い》っているのかもしれません。

31 身近《みぢか》なところから

✽はいくえっせい

花《はな》ふぶき演歌《えんか》口調《くちょう》の祖父《そふ》がいる
（中2　三宅李乃《みやけりの》）

家《いえ》に帰《かえ》るといつも祖父がいます。二人《ふたり》で時《じ》代劇《だいげき》を見《み》たり、何《なに》かを作《つく》ったりします。食事《しょくじ》の時《とき》も隣《となり》にすわります。外食《がいしょく》の時も隣です。中学生《ちゅうがくせい》になった私《わたし》は、あまり近《ちか》くにいられるのは好《す》きではないですが、祖父のうれしそうな顔《かお》を見ると「しょうがない。そうしよう」と思《おも》います。でも、私の話《はなし》を聞《き》いてくれたり、アドバイスをくれたりするのでうれしいです。これからも大切《たいせつ》にしたいと思います。

（沙《さ》織《おり》先《せん》生より）家族《かぞく》を大切にできる李乃さん。すてきです。

祖父の似顔絵《にがおえ》
三宅李乃

俳句《はいく》に挑戦《ちょうせん》！

家族の特徴《とくちょう》をとらえましょう

遠《とお》くの目新《めあたら》しいものより、身近にある大切なものを俳句にしましょう。たとえば、家族は身近にいるとても大切な存在《そんざい》です。でも、いつもそばにいるので、じっと見たり、深《ふか》く考《かんが》えたりすることはありません。一度《いちど》よく観察《かんさつ》して、そのよさを味《あじ》わってみましょう。

【李乃さんの言葉《ことば》選《えら》び】

（家族）→祖父（おじいさん）＝演歌口調

（季節）→　春《はる》　→　花ふぶき

←

花ふぶき演歌口調の祖父がいる

【仲間《なかま》の鑑賞《かんしょう》】

・「花ふぶき」と「演歌口調」がよく合《あ》っている。

・好きとも嫌《きら》いとも書《か》いていないところがよい。

・李乃さんとおじいさんの関係《かんけい》が想像《そうぞう》できる。

【仲間の俳句】

いもうとがあそぶふろくのひなにんぎょう　（小1　たね）

じいちゃんと木《き》をきるしごと春休《やす》み　（小2　さくや）

春の山祖母《やまそぼ》と私の歌《うた》ひびく　（小5　苺花《まいか》）

桜《さくら》さき家族のみんな笑《わら》ってる　（小6　晃輔《こうすけ》）

種《たね》まきの祖父《そふ》の手《て》のひら大《おお》きくて　（中1　優希《ゆうき》）

姉《ねえ》さんがまあるくなって桜餅《さくらもち》　（中3　愛翔《まなと》）

入学式親子《にゅうがくしきおやこ》そろって前《まえ》に出《で》る　（中3　賢士郎《けんしろう》）

32 語彙《ごい》をふやす

✿はいくえっせい

かいねこがとつぜん消《き》えて恋《こい》をする
（小4　堀《ほり》　楓《かえで》）

私の家《いえ》でかっていたねこのミーは、1年《ねん》2か月《げつ》前《まえ》に家を出《で》て、そのまま帰《かえ》ってきません。ミーには彼女《かのじょ》がいたので、けっこんして新《しん》こんりょこうにいっているのだと思《おも》います。早《はや》く帰ってきてほしいです。

（剛先生《つよしせんせい》より）どこかでしあわせにくらしているのでしょう。

絵　堀楓

俳句《はいく》に挑戦《ちょうせん》！

色々《いろいろ》な季語《きご》を覚《おぼ》えて使《つか》いましょう

俳句では自分《じぶん》の気持《きも》ちを季語に託《たく》して表現《ひょうげん》します。いろいろな季語を知《し》っていると表現の幅《はば》が広《ひろ》がり、読《よ》み手《て》の豊《ゆた》かな想像《そうぞう》を誘《さそ》うことができます。

①どんな季語があるか仲間《なかま》で交流《こうりゅう》しましょう。
②辞書《じしょ》や歳時記《さいじき》で調《しら》べましょう。
③覚えた季語を使って俳句をつくりましょう。

【楓さんがつかった季語】

猫《ねこ》の恋…春《はる》のはじめ頃《ごろ》、雄猫《おす》と雌猫《めす》が仲良《よ》くし始《はじ》めること。大《おお》きな鳴《な》き声《ごえ》が聞《き》こえる時《とき》があります。

【楓さんの俳句ができるまで】

最初《さいしょ》は「かいねこがとつぜん消えて旅《たび》をする」という俳句をつくりました。先生は「季語がないから旅を恋にするといいよ」とおっしゃいました。

かいねこがとつぜん消えて旅をする

↓

かいねこがとつぜん消えて恋をする

調べてみると「猫の恋」は春の季語でした。このほかにも猫の季語を集《あつ》めてみました。

通い猫　子《こ》猫（春）かまど猫（冬《ふゆ》）……

【仲間の俳句の中にも見つけました】

犬うまれそのあと子ねこうまれます

（小3　みのり）

33 もっとよく見《み》る

✿はいくえっせい

おかわりはすこしにがくて新茶《しんちゃ》飲《の》む
（小5　平林苺花《ひらばやしまいか》）

家庭科《かていか》の授業《じゅぎょう》でお茶《ちゃ》の入《い》れ方《かた》を勉強《べんきょう》しました。家《いえ》では電気《でんき》ポットのお湯《ゆ》で入れるので、お湯を沸《わ》かすことからするのは初《はじ》めてです。ガスせん、点火《てんか》つまみの使《つか》い方も覚《おぼ》えました。急須《きゅうす》で湯飲《の》みにお茶を注《そそ》ぐときは、同《おな》じ濃《こ》さになるように何度《なんど》かに分《わ》けて入れました。よい香《かお》りでした。おかわりをすると少《すこ》し苦《にが》くなっていました。

（遥佳先生《はるかせんせい》より）お客様《きゃくさま》へのおもてなしの心《こころ》を大切《たいせつ》にしましょうね。

絵　平林苺花

俳句《はいく》に挑戦《ちょうせん》！

自分《じぶん》の感《かん》じ方やとらえ方を大切に

みんなと同じ体験《たいけん》をすると、みんなが同じような感想《かんそう》をもちます。ところが、その体験をもっとよく見つめると、それぞれが自分らしい感じ方やとらえ方をすることができます。それを俳句の言《こと》葉《ば》にしましょう。

【同じ体験】

「新茶」＝茶の新芽《しんめ》を摘《つ》んで作《つく》った、その年《とし》の新《あたら》しいお茶。香りがとてもよい。夏《なつ》の季語《きご》。

【苺花さんの俳句ができるまで】

最初《さいしょ》は新茶のおいしさを俳句にしました。だけど、みんながそう感じているのです。そこで、もっとよく振《ふ》り返《かえ》りました。すると、おかわりもおいしかったのだけれども少し苦かったことを思《おも》い出《だ》しました。

（前《まえ》）新茶飲む「おいしい」の声《こえ》あちこちに

↓

（後《あと》）**おかわりはすこしにがくて新茶飲む**

【よく見て俳句にしました】

しんちゃつむしんちゃのかおりもうしてる（小2　かほ）

新茶のむ夏のかおりがとけている（小4　瑞希《みずき》）

新茶飲む体《からだ》がほっとあたたまる（小4　英暉《えいき》）

まず祖母《そぼ》に新茶を注ぎ手《て》を合《あ》わす（小6　晃輔《こうすけ》）

新茶入れ家族団《かぞくだん》らんよくはずむ（中2　雅彰《まさき》）

34 推敲《すいこう》する

✽はいくえっせい

夏休《なつやす》みハワイへ向《む》けてギターひく

（小４　石原《いしはら》　空《そら》）

お父《とう》さんがギターをひいていました。ぼくもひけるようになりたいと思《おも》い教《おし》えてもらいました。すこし指《ゆび》がいたくなりました。今《いま》では「きらきらぼし」がひけるようになりました。お父さんは指がすりむけるほど練習《れんしゅう》したそうです。ぼくもたくさん練習してむずかしい曲《きょく》がひけるようになりたいです。作《さっ》曲もしたいです。

（剛先生《つよしせんせい》より）空さんのギターを聞《き》いて星空《ほしぞら》を眺《なが》めている気《き》分《ぶん》になりました。

俳句《はいく》に挑戦《ちょうせん》！

よりよい表現《ひょうげん》を目指《めざ》しましょう

読者《どくしゃ》が想像《そうぞう》をふくらますことができる俳句にしましょう。そのためには、声《こえ》に出《だ》して読《よ》み返《かえ》したり、感想《かんそう》を聞いたりすることが大切《たいせつ》です。そうして、よりよい表現にしていきましょう。これを推敲と言《い》います。

（推敲前《まえ》）ギターひきハワイにいったきぶんです（空）

←

（感想）

ハワイにいった気《き》もちになりました。（小3　瑞希《みずき》）

季語《きご》は何《なに》かな。もしかしてハワイ？（小5　花奈《かな》）

漢字《かんじ》で書《か》くと意味《いみ》が分《わ》かりやすいよ。（小6　晃輔《こうすけ》）

「～です」で終《お》わると俳句らしくない。（中2　帆乃《ほの》）

←

（推敲後《ご》）**夏休みハワイへ向けてギターひく**（空）

【「夏休み」の俳句をみんなで作りました】

おかあさんおんどくするよなつやすみ（小1　はなこ）

あおぞらはどこもまん中なつやすみ（小2かほ）

夏休みけがしないよう気をつける（小3　向日葵《ひなた》）

みんなとはしばらく会《あ》えぬ夏休み（小4　楓《かえで》）

ちょきん箱《ばこ》たくさんためて夏休み（小5　花奈）

夏休み宿題《しゅくだい》の量多《りょうおお》すぎる（小6　晃輔）

夏休みラジオ体操皆勤賞《たいそうかいきんしょう》（中2　帆乃）

35 遊《あそ》びを詠《よ》む

✿はいくえっせい

相棒《あいぼう》とじゃんけんしたら蝉《せみ》が鳴《な》く
（中3　平林愛翔《ひらばやしまなと》）

僕《ぼく》の学校《がっこう》は全校生徒《ぜんこうせいと》が11人《にん》です。しかも、3年学級《ねんがっきゅう》は2人です。「3人寄《よ》れば文殊《もんじゅ》の知恵《ちえ》」という諺《ことわざ》がありますが、2人だとなかなかいい知恵が浮《う》かびません。僕たちにとって授業《じゅぎょう》は全員挙手発言《ぜんいんきょしゅはつげん》が当《あ》たり前《まえ》ですが、それでも二《ふた》つの意見《いけん》しか出《で》ないため、考《かんが》えが深《ふか》まっていかないのです。だから「他《ほか》の考えはないだろうか」「もっといい考えはないだろうか」と意識《いしき》します。これは大変《たいへん》なことです。でも、それが習慣《しゅうかん》となってきました。そして、むしろ自分《じぶん》を成長《せいちょう》させるチャンスだとも思《おも》うようになりました。

（祐二先生《ゆうじせんせい》より）先生も加《くわ》わります。文殊の知恵を出《だ》しましょう。

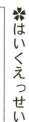

俳句《はいく》に挑戦《ちょうせん》！

楽《たの》しさの中味《なかみ》を大切《たいせつ》に

友達《ともだち》と遊ぶとどうして楽しいのでしょうか。考えたこともなかったでしょう。ぜひ、その体験《たいけん》を俳句の言葉《ことば》でとらえてみてください。きっと何《なに》かを発見《はっけん》することができますよ。さらに楽しくなります。

【俳句】――は遊び

相棒とじゃんけんしたら蟬が鳴く

←

【感想《かんそう》】

・相棒と呼《よ》んだところがよい。

・仲《なか》の良《よ》さを感《かん》じます。

・真剣《しんけん》にジャンケンしたんだね。

・蟬が喜《よろこ》んでいます。

【遊びの俳句をつくりました】

やすみじかんサッカーするよせんせいと　（小1　ちひろ）

ゆきだるまほうきをさしてできあがり　（小2　かほ）

雪がっせんおわったあとはすきやきだ　（小4　聡汰《そうた》）

夏至《げし》の夜《よる》あそび疲《つか》れてよく眠《ねむ》る　（中1　葵《あおい》）

つくしんぼうでこぴんすると花粉飛ぶ　（中1　誠純《まさずみ》）

日焼《ひや》けした園児《えんじ》がつくるどろ団子《だんご》　（中2　野《の》の花《か》）

甲虫子《かぶとむしこ》より喜ぶ父《ちち》がいる　（中2　李乃《りの》）

36 やさしい気持《きも》ちで（生《い》きもの）

✿はいくえっせい

元気《げんき》でねかごから逃《に》げたかぶと虫《むし》

（小6　成瀬晃輔《なるせこうすけ》）

夜《よる》、家《いえ》の中《なか》にかぶと虫が入《はい》ってきました。おじいちゃんが手《て》でつかんでくれました。外《そと》に逃《に》がすよりかごに入《い》れておきたいなと思《おも》って、大切《たいせつ》に育《そだ》てました。でも、3日目《かめ》の朝《あさ》、かごのふたが開《あ》いていて、かぶと虫はいませんでした。すごい力《ちから》だなと思いました。悲《かな》しかったけれど、ぼくがえさをあげなくても、自分《じぶん》で生きていけるようになったんだと思いました。

（明彦先生《あきひこせんせい》より）かぶと虫の成長《せいちょう》をよろこぶ晃輔さんのやさしさがすてきです。

俳句《はいく》に挑戦《ちょうせん》！

やさしい気持《きも》ちで見《み》つめましょう

日々《ひび》の生活《せいかつ》は楽《たの》しいことやうれしいことばかりではありません。辛《つら》いことや悲しいこともたくさんあります。涙《なみだ》だって流《なが》れるでしょう。でも、やさしい気持ちになって、もう一度《いちど》見つめ直《なお》してみましょう。きっと新《あたら》しい考《かんが》え方《かた》やとらえ方ができますよ。

【晃輔さんにインタビュー】

・いなくなった時《とき》はどんな気持ちでしたか？

「悲しくてたまりませんでした」

・俳句には悲しさが感《かん》じられませんが？

「かぶと虫は森《もり》へ帰《かえ》りたかったのだと思います。ぼくはかぶと虫が好《す》きだから、かぶと虫の思い通《どお》りになってよかったという気持ちを俳句にしました」

・晃輔さんはやさしいのですね。

「…………」

・もうかぶと虫は飼《か》いませんか？

「捕《つか》まえたら、また飼うと思います」

・その時もかぶと虫の気持ちになって考えてあげてくださいね。

「はい！」

37 素直《すなお》な感《かん》じ方《かた》を

✿はいくえっせい

かたつむり　あめのひどこへ　いくのだろう
（小1　さいとう　はなこ）

せんせいあのね。あめのひ　べらんだにかたつむりが　いたよ。２ひきで　ゆっくりうごいていたよ。どこに　いくのかな。わたしは　からに　はいっている　かたつむりがすきだよ。はれのひは　どこに　いるのだろう。

（明宏先生《あきひろせんせい》より）雨《あめ》の日《ひ》のお出《で》かけはあまり好《す》きではありませんが、かたつむりは好きなようですね。

俳句《はいく》に挑戦《ちょうせん》！

感じたままを素直に表現《ひょうげん》しましょう

生《い》き物《もの》や自然《しぜん》を見《み》て感じたことや思《おも》ったことをそのまま書《か》き出《だ》してみましょう。そこから俳句にするのです。素直に表現できると読者《どくしゃ》にもその様《よう》子《す》がよく分《わ》かりますよ。

【はなこさんが「かたつむり」を見て感じたこと思ったこと】

○雨の日は動《うご》いている　・2匹《ひき》でいる

・ゆっくり動く　○どこに行《い》くのかわからない

・雨があがると殻《から》に入《はい》る　・殻に入ったのが好き

○晴《は》れの日《ひ》はいない

↓

【俳句にしました】

○かたつむり雨の日どこへ行くのだろう

○かたつむり晴れの日どこにいるのだろう

（紹介《しょうかい》）松尾芭蕉《まつおばしょう》は「俳諧《はいかい》は三尺《さんせき》の童《わらべ》にさせよ。初心《しょしん》の句《く》こそ頼《たの》もしけれ（俳句は小《ちい》さな子《こ》どもがつくるといいよ。初《はじ》めてつくる俳句はじょうずだよ）」と言《い》いました。子どもは素直な表現が得意《とくい》だからでしょう。おとなが見習《みなら》わなくてはならないのかもしれませんね。

38 正《ただ》しいよび方《かた》で

✿はいくえっせい

リニアモーターカー一瞬《いっしゅん》見《み》えた富士《ふじ》の雪《ゆき》
（小5　安藤向日昇《あんどうひゅうと》）

リニアモーターカーに試乗《しじょう》しました。時速《じそく》五〇〇キロ以上《いじょう》で走《はし》ります。現在《げんざい》の新幹線《しんかんせん》と違《ちが》うところは一五〇キロ以上になると車体《しゃたい》が浮《う》いて走るところです。飛行機《ひこうき》の離着陸《りちゃくりく》のようにフワッとしました。ほとんどトンネルで景色《けしき》はあまりわからなかったけれど、車内《しゃない》のモニターで外《そと》の様子《ようす》を見ることができました。とても速《はや》かったです。開通《かいつう》が楽《たの》しみです。

（貴音先生《たかねせんせい》より）憧《あこが》れのリニアモーターカーに乗《の》った喜《よろこ》びがいっぱいつまった俳句《はいく》ができましたね。

俳句《はいく》に挑戦《ちょうせん》!

字余《じあま》りでも正しいよび方で書《か》こう

ものの名前《なまえ》は、短《みじか》くしてしまったり、別《べつ》の言《い》い方にしてしまったりしないで、辞書《じしょ》に載《の》っている正しいよび方を書くようにしましょう。五《ご》・七《しち》・五のリズムに納《おさ》まらないときには字余りになっても構《かま》いません。

例《れい》

(正しいよび方)		(短くしたよび方)
リニアモーターカー	←	リニア
自転車《じてんしゃ》	←	ちゃり
高速道路《こうそくどうろ》	←	高速
教育実習生《きょういくじっしゅうせい》	←	教生《きょうせい》
携帯電話《けいたいでんわ》	←	携帯

《字余りについて》

俳句をつくるときに定型《ていけい》の17音《おん》(5・7・5)を超《こ》えてしまうことをいいます。なるべく最初《さいしょ》の5音を字余りにするとよいでしょう。次《つぎ》の7音は変《か》えないようにするとリズムがあまり崩《くず》れませんよ。

【向日昇さんの俳句ができるまで】

① (悩《なや》み)
「リニアモーターカーに乗った感動《かんどう》を俳句にしたいのだけど、それだけで9音になってしまう」

② (最初の俳句)
・リニア乗り富士山《ふじさん》の雪見えました
・リニアカー一瞬雪が見えました

③ (先生のアドバイス)
「字余りになってもいいのだよ」

④ (完成《かんせい》した俳句)　――字余り

リニアモーターカー一瞬見えた富士の雪

39 季語《きご》の意味《いみ》を知《し》る

✿はいくえっせい

鶏《にわとり》を見《み》つめて拾《ひろ》う寒卵《かんたまご》

（中2　平林春菜《ひらばやしはるな》）

養鶏場《ようけいじょう》で職場体験《しょくばたいけん》をしました。何千羽《なんぜんば》もの鶏がいました。卵を拾うときに少《すこ》しでも驚《おどろ》かせてしまうと、鶏は暴《あば》れたり、鳴《な》き叫《さけ》んだりします。それを見ると私《わたし》もびっくりします。だから、とてもやさしくしなければなりません。音《おと》には特《とく》に敏感《びんかん》なので、つねにラジオをかけるなど、いろいろな工夫《くふう》がしてありました。私は動物関係《どうぶつかんけい》の仕事《しごと》をしたいと思《おも》っているのでよい体験ができました。

（寛人先生《かんとせんせい》より）やさしく拾い上《あ》げた卵はきっとおいしいと思います。

絵　平林春菜

俳句《はいく》に挑戦《ちょうせん》！

季語の意味をよく知って使《つか》おう

俳句はわずか17音《おん》の世界《せかい》で一番《いちばん》短《みじか》い文学《ぶんがく》です。だから丁寧《ていねい》に説明《せつめい》し切《き》ることはできません。言《い》いたい気持《きも》ちは季語に託《たく》して表現《ひょうげん》するとよいでしょう。そのためには、季語をたくさん覚《おぼ》え、その意味をよく知って使うことが大切《たいせつ》です。

【①春菜さんの最初《さいしょ》のメモより】

ニワトリと卵をめぐってにらめっこ

《あどばいす》最初はこのようなメモでいいのです。五《ご》・七《しち》・五になっていなくても、季語が無《な》くても構《かま》いません。

【②春菜さんが入《い》れようとした季語】

冬《ふゆ》の空《そら》　冬の雲《くも》　寒《さむ》くなる　息白《いきしろ》し…

《あどばいす》どれも無理《むり》に入れようとした季語です。ぴったりの季語を歳時記《さいじき》から探《さが》しましょう。

【③春菜さんが見つけた季語】

寒卵＝寒《さむ》い季節《きせつ》に産《う》んだ鶏の卵。数《かず》が少なく貴重。栄養価《えいようか》が高《たか》い、日《ひ》もちがよい。

【④春菜さんがつくった俳句】

鶏を見つめて拾う寒卵

〈仲間《なかま》の鑑賞《かんしょう》〉

・寒卵だから大切にしたい気持ちが分かる。

・見つめて拾うところに思いがこもっている。

・寒さに負けずに作業《さぎょう》している作者《さくしゃ》が見える。

40 想像《そうぞう》して

✿はいくえっせい

あじあぞう　のそのそのそと　えんそくに
（小1　いしはら　みみ）

どうぶつえんにいきました。あじあぞうがいました。こんなに大《おお》きいとはおもいませんでした。かわいい目《め》でした。うんちが一日《いちにち》に百《ひゃっ》こも出《で》るそうです。「ぞうれっしゃ」のおはなしもききました。

（明宏先生《あきひろせんせい》より）体《からだ》が大きいからうんちもたくさん出るのでしょう。

絵　いしはらみみ

俳《はい》句《く》に挑《ちょう》戦《せん》！

想像をふくらませてつくりましょう

実際《じっさい》に見《み》たものや感《かん》じたものから、さまざまな想像をふくらませてみましょう。自分《じぶん》なりの見方《みかた》や考《かんが》え方でよいのですが、読《よ》み手《て》にもよくわかってもらえる内容《ないよう》でなくてはなりません。

【みみさんが想像したこと・感じたこと】

あじあぞうは、のそのそしているけど、うれしそうだよ。りんごをおやつに持《も》って遠足《えんそく》に行《い》きたいのかな。

←

あじあぞうのそのそのそとえんそくに

【動物園《どうぶつえん》へ一緒《いっしょ》に行ったお友達《ともだち》の俳句】

あじあぞうパオーンとないておんがくだ　（みりあ）

しろくまがわたしのほうをみてうごく　（あみ）

ぞうのはなすごくながいなうでみたい　（さくや）

ふゆひなたらいおんねてるぐっすりと　（ちひろ）

ぺんぎんのとなりでしゃしんとりました　（たける）

かわうそのおやこがならぶどうぶつえん　（はなこ）

【芭《ば》蕉《しょう》さんも想像をふくらませて俳句にしています】

静《しず》かさや岩《いわ》にしみ入《い》る蝉《せみ》の声《こえ》　芭蕉

（意《い》味《み》）とても静かだよ。蝉の声が岩にしみ入るように聞こえてきます。

41 音数《おんすう》

✿はいくえっせい

にっぽんに　きてはじめての　ゆきだるま

（小1　みやけ　リディア）

わたしは、イタリアのナポリからきました。さんぽやてつぼうがすきです。はしるのはとてもはやいです。とくいなことはりょうりです。みそしるもできます。おりがみやあやとりもとくいです。すきなたべものはやさいとフルーツです。とくにトマト、マンゴー、パイナップルがすきです。みんなともっとあそびたいです。

（寿見子先生《すみこせんせい》より）かわいらしい雪《ゆき》だるまができたことでしょう。お友達《ともだち》といっぱい遊《あそ》んでくださいね。

俳句《はいく》に挑戦《ちょうせん》！

音数を五《ご》・七《しち》・五にしましょう

俳句は五・七・五でつくることは多《おお》くの人《ひと》が知《し》っていることです。でも、それが何《なん》の数《かず》なのかを理《り》解《かい》していない人もいるようです。文字数《もじすう》ではありません。音数なのですよ。

【音数の数《かぞ》え方《かた》】

・仮名《かな》1字《じ》＝1音《おん》
・長《なが》く引《ひ》き伸《の》ばして発音《はつおん》する音（長音《ちょうおん》）や音を引き伸ばすことを示《しめ》す符号《ふごう》「ー（長音符《ちょうおんぷ》）」＝1音
・「ん（ン）」（撥音《はつおん》）＝1音
・小《ちい》さく書《か》く字《じ》「っ（ッ）」（促音《そくおん》）＝1音
・小さく書く字「ゃ（ャ）」「ゅ（ュ）」「ょ（ョ）」（拗音《ようおん》）はその前《まえ》の仮名1字を伴《ともな》って＝1音

【何音《なんおん》か分《わ》かるかな？（音数）】

にっぽん（4）りょうり（3）フルーツ（4）

○転校《てんこう》してきた頃《ころ》のリディアさんの俳句（12月《がつ》）

らんらんらんはじめてばかりのまいにちだ　（6・8・5）
やすんだ日《ひ》ともだちの手《て》がみうれしいな（5・8・5）

↓

◎現在《げんざい》のリディアさんの俳句（1月）　――季語《きご》

ふゆ休《やす》みおみやそうじにいきました
にっぽんへきてはじめてのゆきだるま

【6年生《ねんせい》のお友達からの意見《いけん》と先生からのお話《はなし》】

「この俳句は（7・5・5）に感《かん》じるのですが？」
「句《く》またがりと言います。合計《ごうけい》17音でリズムがよければこんなつくりかたもあるのですよ」

42 気《き》づく

✽はいくえっせい

にわとりが鳴《な》くのをやめる雪《ゆき》の朝《あさ》
（小6　平林誠純《ひらばやしまさずみ》）

　にわとりを飼《か》っています。毎朝《まいあさ》、学校《がっこう》へ行《い》く時《とき》に元気《げんき》に鳴きます。食用《しょくよう》の玉子《たまご》を取《と》るために飼ったのですが、年《とし》をとったので最近《さいきん》はあまり産《う》まなくなりました。でも大切《たいせつ》にしています。弱《よわ》っている時もありますが、小屋《こや》から出《だ》して庭《にわ》で運動《うんどう》をさせると元気になります。

　雪の日《ひ》、鳴き声《ごえ》がしなかったので小屋へ行きました。庭へ出しましたが、いつものようには動《うご》き回《まわ》りませんでした。よほど寒《さむ》かったのか、雪に驚《おどろ》いていたのか、どちらかだと思《おも》います。

（遥佳先生《はるかせんせい》より）人間《にんげん》も寒い日や雪の日には動きたくなくなります。にわとりも同《おな》じなのでしょう。

絵　平林誠純

俳句《はいく》に挑戦《ちょうせん》！

よく見《み》て何《なに》かに気づきましょう

あたりまえのことをあたりまえに説明《せつめい》してもよい俳句にはなりません。対象《たいしょう》やものごとをよく見て、初《はじ》めて気づく何かを俳句の言葉《ことば》にしましょう。
また、誰《だれ》がどんなとらえ方《かた》をしているのかを参考《さんこう》にしましょう。

【誠純さんの俳句づくり】

（気づき）いつも元気に鳴くにわとりが、雪の朝には鳴かなかったよ。

↓

【俳句】

にわとりが鳴くのをやめる雪の朝　季語・冬

【雪の俳句の中《なか》にある気づき】　――季語

雪とけて村《むら》いっぱいの子どもかな　小林一茶《こばやしいっさ》

（気づき）雪がとけたとたんに子どもたちが外《そと》で遊《あそ》び始《はじ》めたよ。

いくたびも雪の深《ふか》さを尋《たず》ねけり　正岡子規《まさおかしき》

（気づき）雪がどれほど積《つ》もったかが気《き》になって何《なん》度《ど》も聞《き》いてしまったよ。

いざゆかん雪見にころぶところまで　松尾芭蕉《まつおばしょう》

（気づき）雪が降ったので雪見に行きたくなったよ。

ながながと川一筋《かわひとすじ》や雪の原《はら》　野沢凡兆《のざわぼんちょう》

（気づき）一面《いちめん》の雪の原に川《かわ》だけが長々《ながなが》と見えたよ。

43 言《い》い切《き》る

✿はいくえっせい

しおひがり　みんなだまって　すなをかく
（小2　いしはら　あみ）

みんなでしおひがりにいきました。くまで
で、すなをひっかくと貝《かい》がいます。それをひ
ろいます。さいしょは、みんなでおしゃべり
をしながらやっていました。だけど、だんだ
んむちゅうになってきて、きづいたら、みん
な一人《ひとり》で、いっしょうけんめいにひろってい
ました。

たくさんとれたのでうれしかったです。み
そしるにいれてたべました。おいしかったで
す。

絵　いしはらあみ

（弥生先生《やよいせんせい》より）一生《いっしょう》けん
めいにやるときはみんなし
ずかですね。たのしかった
ね。

俳句《はいく》に挑戦《ちょうせん》！

迷《まよ》わず言い切りましょう

うれしいことやたのしいことは誰《だれ》かに言ってみたくなります。だけど、ながながと説明《せつめい》をしてもうまく伝《つた》わりません。むしろ、一《ひと》つの場面《ばめん》を的確《てきかく》な言葉《ことば》で言い切った方《ほう》がうまく伝わります。俳句は特《とく》にそうなのです。

【○あみさんの言い切り】

「砂《すな》を掻《か》く」

←

〈お友達《ともだち》の感想《かんそう》から〉

・景色《けしき》がはっきりと思《おも》い浮《う》かんだよ。
・みんな一生懸命《いっしょうけんめい》だったもんね。
・私《わたし》もそう思っていたよ。でも俳句にできなかった。

△こんなとらえ方《かた》は、なるべくさけましょう。

〜のよう　〜みたい　〜かも　〜しました
〜するでしょう　だいたい〜　たぶん〜

【迷わず言い切った俳句】　——季語《きご》

あおがえるぷうるそうじにあらわれる　（小2　美海《みみ》）
あおぞらはどこもまん中夏休《なつやす》み　（小3　歌歩《かほ》）
ひきしおにおいていかれる大《おお》あさり　（小4　みのり）
きょう走《そう》はみんな同着《どうちゃく》こいのぼり　（小5　楓《かえで》）
ひまわりが背《せ》くらべしてぐんと伸《の》び　（小6　苺花《まいか》）
ささ舟《ぶね》をうかべて水《みず》がすきとおる　（小6　向日昇《ひゅうと》）
夏の雲《くも》大きくなってやって来《く》る　（中2　葵《あおい》）
ブランコを大きく振《ふ》って雲を蹴《け》る　（中3　帆乃《ほの》）

44 想像力《そうぞうりょく》を働《はたら》かせる

✿はいくえっせい

田植《たう》えする足《あし》が地球《ちきゅう》に吸《す》い込《こ》まれ
（小5　安藤聡汰《あんどうそうた》）

土曜授業《どようじゅぎょう》で田植えをしました。はだしで田んぼに入《はい》りました。どろに足がはまって、抜《ぬ》けなくなりました。やっとの思《おも》いで足を抜くと、少《すこ》し安心《あんしん》しました。でも、次《つぎ》はもう片方《かたほう》の足が抜けなくなりました。何《なに》かがぼくの足をひっぱっているようでした。何度《なんど》もたおれそうになりましたが、もしたおれると体《からだ》じゅうがどろだらけになってしまうので、がんばってこらえました。

（英壱先生《ひでかずせんせい》より）たとえがとてもわかりやすいね。田植えの様子《ようす》が目《め》に浮《う》かびます。

俳句《はいく》に挑戦《ちょうせん》！

想像力を働かせて自分《じぶん》らしい感《かん》じ方《かた》を

あたりまえのことをあたりまえに説明《せつめい》してもよい俳句にはなりません。対象《たいしょう》やものごとをよく見《み》て想像力を働かせましょう。初《はじ》めて気《き》づく何かを俳句の言葉《ことば》にしましょう。また、誰《だれ》がどんな感じ方をしているのかを参考《さんこう》にしましょう。

【田植え後《ご》の感想《かんそう》ベスト3】

①どろんこになった。
②足が吸い込まれた。
③腰《こし》が痛《いた》い。

←

【想像力を働かせると】

①きれいな格好《かっこう》をしているから気になる。
②田んぼではなく地球に吸い込まれている。（聡汰）
③おばあちゃんが腰が曲《ま》がった原因《げんいん》だ。

←

【俳句にしました】

①どろんこになって田植えが本番《ほんばん》に
②田植えする足が地球に吸い込まれ　（聡汰）
③ばあちゃんと同《おな》じポーズで田植えする

《あどばいす》　おおげさな想像《そうぞう》をすることがいつもよいとは限《かぎ》りません。読者《どくしゃ》がなるほどと納得《なっとく》するような表現《ひょうげん》を選《えら》びましょう。

45 特徴《とくちょう》を詠《よ》む

✿はいくえっせい

夕涼《ゆうすず》み無口《むくち》な父《ちち》の隣《となり》にて

（中3 安藤帆乃《あんどうほの》）

父は夕方草刈《ゆうがたくさか》りをします。仕事帰《しごとがえ》りで疲《つか》れているのに汗《あせ》だくでします。その後《あと》は必《かなら》ず庭《にわ》で夕涼みをします。「帆乃。ビール取《と》ってきて」無口な父はそれ以外《いがい》に何《なに》も言《い》いません。私《わたし》はキンキンに冷《ひ》えたのを渡《わた》します。父は何《なに》かをじっと見《み》つめて無表情《むひょうじょう》で飲《の》みます。私は父が何を考《かんが》えているのだろうと気《き》になります。でも、いつも私のそばにいてくれるのだから、それでいいのかなと思《おも》います。

（寛人先生《かんとせんせい》より）お父さんはビールのうまさと帆乃さんが隣にいるうれしさを味わっているのだと思います。

俳句《はいく》に挑戦《ちょうせん》！

同《おな》じ感《かん》じ方《かた》・とらえ方を乗《の》り越《こ》えよう

一《ひと》つの対象《たいしょう》を見《み》ると、多《おお》くの人《ひと》が同じ感じ方をしたり、同じとらえ方をしたりします。しかし、まったく同じのはずはありません。自分《じぶん》の感じ方やとらえ方のよさを十分《じゅうぶん》に発揮《はっき》するとよい俳句になります。

【（対象）父親《ちちおや》】

・大好《だいす》き　・やさしい　・力《ちから》もち…

△でも、これは多くの人が同じように思っていること。

←

【帆乃さんの感じ方・とらえ方】

・夕方の草刈り　・疲れているのに…　・汗だく

・夕涼み　・ビール好《ず》き　・無口

・何を考えているか不明《ふめい》

・私のそばにいてくれる　・これでいいか…

←

夕涼み無口な父の隣にて　――は季語《きご》（夏《なつ》）

《あどばいす》　感じ方・とらえ方は年齢《ねんれい》や環境《かんきょう》によっても違《ちが》います。現在《げんざい》の自分の言葉《ことば》で表現《ひょうげん》しましょう。

あまごつりぱぱのせなかはかっこいい　（小2　みりあ）

春《はる》のごとうさん見たらねているよ　（小4　瑞希《みずき》）

冷茶《れいちゃ》のみやる気出《きで》ているお父《とう》さん　（小5　英暉《えいき》）

46 虫《むし》を詠《よ》む

✿はいくえっせい

かまきりが鎌《かま》振《ふ》り上《あ》げて首《くび》かしげ

（小6　松《まつ》井《い》希《き》伊《い》智《ち》）

玄関《げんかん》のドアをあけるとかまきりと目《め》が合《あ》いました。ぼくは驚《おどろ》いて後《あと》ずさりしました。正《しょう》直《じき》に言《い》うとぼくは少《すこ》しかまきりが怖《こわ》いのです。蝉《せみ》や蝶《ちょう》などの昆虫《こんちゅう》はぼくが近《ちか》づくと逃げていくのに、かまきりはぼくに向《む》かって鎌を振り上げてくるからです。でもよく見《み》ると、その後、かまきりは首をかしげていました。ぼくが敵《てき》じゃないとわかったようです。

（江梨香《えりか》先生《せんせい》より）かまきりの様子《ようす》がよく伝《つた》わってきたので子《こ》どもの頃《ころ》を思《おも》い出《だ》しました。先生も同《おな》じ経験《けいけん》をしたよ。

俳句《はいく》に挑戦《ちょうせん》！

季語《きご》（虫）をよく観察《かんさつ》しましょう

俳句づくりは季語を入《い》れることが難《むずか》しいと思っていませんか。無理《むり》に季語を入れようとするからですよ。季語そのものをよく見て表現《ひょうげん》すればよいのです。昆虫は季語です。興味《きょうみ》のある昆虫を俳句にしてみましょう。

蝶（春） 私《わたし》たちが学校に入学《にゅうがく》したように、ちょうちょも花畑《はなばたけ》に入《はい》っていったよ。たのしそう。

←

ちょうちょがね入学するよ花ばたけ

（小3　歌歩《かほ》）

蟻《あり》（夏） かくれんぼしていたら蟻がかんだよ。思わず痛《いた》いといったら見つかっちゃった。

←

かくれんぼ蟻にかまれて鬼《おに》になる

（小5　空《そら》）

虫（秋） 夜《よる》になると虫がきれいな音色《ねいろ》で鳴《な》いているよ。でも、どこにいるのだろう。わからない。

←

虫の声姿《すがた》は見せぬ人見知《ひとみし》り

（中1　優希《ゆうき》）

雪虫《ゆきむし》（冬） 雪虫を見つけたら雪が降《ふ》ってきたよ。でも、すぐにいなくなったよ。

←

雪虫が雪を誘《さそ》ってもうおらず

（拓郎《たくろう》）

47 活動《かつどう》を詠《よ》む

✿はいくえっせい

逆流《ぎゃくりゅう》に足踏《あしふ》み入れて沢登《さわのぼ》り
（中3　齊藤野《さいとうの》の花《か》）

根《ね》ノ上高原《うえこうげん》へ宿泊研修《しゅくはくけんしゅう》へ行《い》きました。シロヤシオ渓谷《けいこく》で沢登りに挑戦《ちょうせん》しました。流《なが》れが速《はや》かったり、斜面《しゃめん》が急《きゅう》だったりしたところがいくつかありました。でも、一歩《いっぽ》一歩《いっぽ》ゆっくりと足元《あしもと》を見《み》ながら登っていきました。岩潜《いわもぐ》りや奇木《きぼく》もありました。目標地点《もくひょうちてん》までたどり着《つ》いた時《とき》には心地《ここち》よい達成感《たっせいかん》がありました。

（寛人先生《かんとせんせい》より）目標地点でみんなで撮《と》った写真《しゃしん》は最高《さいこう》の思《おも》い出《で》ですね。

俳句《はいく》に挑戦《ちょうせん》！

何に感動《かんどう》したのかを具体的《ぐたいてき》に

活動そのものが季語になっているものがあります。でも、単なる活動報告《ほうこく》ではよい俳句になりません。どんなことに感動したのかを具体的な言葉でとらえ、省略《しょうりゃく》を効《き》かせるとよい俳句になります。

【野の花さんの活動】

沢登り（夏）

道路のない渓流《けいりゅう》に沿《そ》って登山すること。

【野の花さんの感動】

困難《こんなん》を乗り越《こ》えて目標地点までたどり着けた達成感。

（困難）速い流れ　急斜面　岩潜り　奇木…

（方法）一歩一歩　ゆっくり　足元を見ながら…

（達成感）到達《とうたつ》　心地よい…

←

～取捨選択《しゅしゃせんたく》・省略《しょうりゃく》～

逆流に足踏み入れて沢登り

【活動の俳句】　——季語

（春）**ごみぶくろごみがいっぱい大そうじ**　（小2　美海《みみ》）

（夏）**しおひがりしおのにおいがもうしてる**　（小3　歌歩《かほ》）

（秋）**ニかいからあまくなれなれかきをほす**　（小3　絢花《はるか》）

（冬）**書き初めの最初にすみが手についた**　（小5　楓《かえで》）

48 調《しら》べる

✿はいくえっせい

山村《さんそん》の平和《へいわ》を願《ねが》う案山子《かかし》たち

（小6　川上幸花《かわかみこはな》）

実《みの》りの秋《あき》です。方々《ほうぼう》の田《た》んぼに案山子が立《た》っています。稲《いね》がぐんぐんと大《おお》きくなってその案山子に頭《こうべ》を垂《た》れています。お父《とう》さんが「平和だなあ」と言《い》いました。この風景《ふうけい》をいつまでも大切《たいせつ》にしたいなあと思《おも》いました。

（英壱先生《ひでかずせんせい》より）平和を願う案山子って素《す》敵《てき》ですね。のどかな風景が目《め》に浮《う》かびます。

俳句《はいく》に挑戦《ちょうせん》！

発見《はっけん》したものを調《しら》べましょう

何《なに》かに魅力《みりょく》を感《かん》じたら、まずメモを取《と》りましょう。名詞《めいし》（ものの名前《なまえ》）で書《か》くとよいでしょう。それについて少《すこ》し詳《くわ》しく調べると理解《りかい》が深《ふか》まり、俳句の表現《ひょうげん》にも幅《はば》が出《で》てきます。

【メモ】

山村　稲　成長　[かかし]　平和

「かかし」

【知っていたこと】

実った稲を雀《すずめ》から守るために田の真ん中に立てる人形。

【調べたこと】

・「案山子」と書く。「かがし」とも言う。

・人間がいると寄ってこないという動物の習性《しゅうせい》を利用。

・田の守り神。

・案山子ではなく、大きな円を描《えが》いた風船をつるしたり反射《はんしゃ》テープを引いたりしているところも。

〈例句〉

棒《ぼう》の手のおなじさまなるかがしかな　丈草《じょうそう》

物の音ひとりたふるる案山子かな　凡兆《ぼんちょう》

倒《たお》れたる案山子の顔の上に天　三鬼《さんき》

【感じたこと】

案山子はどこかおもしろいが、一生懸命《けんめい》に育てたお米が収穫《しゅうかく》できるようにという願いが込《こ》められている。

←

山村の平和を願う案山子たち

49 文化財《ぶんかざい》を残《のこ》す

✿はいくえっせい

円陣《えんじん》を組《く》んで本番村歌舞伎《ほんばんむらかぶき》
（小6　後藤花奈《ごとうかな》）

子供《こども》歌舞伎の本番前《まえ》、振《ふ》り付《つ》けや台詞《せりふ》の最《さい》後《ご》の練習《れんしゅう》をしました。円陣を組み「成功《せいこう》させるぞ。オーッ」と拳《こぶし》を上《あ》げて大《おお》きな声《こえ》で気合《あい》を入《い》れました。がんばるぞという気持《きも》ちになりました。舞台《ぶたい》ではとてもドキドキしましたが、みんなで力《ちから》を合《あ》わせて演《えん》じきりました。大勢《おおぜい》の人《ひと》が見《み》に来《き》てくれました。おひねりを投《な》げたり大きな拍手《はくしゅ》をしてくれたりしました。

（志保《しほ》先生より）みんなで練習してきたからこそ、みんなで成功させたいと思《おも》ったのですね。

俳句《はいく》に挑戦《ちょうせん》！

地域《ちいき》の文化財を言葉で残しましょう

伝統的《でんとうてき》な文化を言葉《ことば》にして残しておくのも俳句の重要《じゅうよう》な役割《やくわり》です。地域の文化財を自分《じぶん》の目《め》でとらえ俳句をつくりましょう。仲間《なかま》と鑑賞《かんしょう》し合ってと文化財の素晴《すば》らしさをさらに感《かん》じることができるとよいですね。

《あどばいす》地域の人にだけ分《わ》かる表現《ひょうげん》ではいけません。その文化財を全然《ぜんぜん》知《し》らない人にもよく分かる表現にしましょう。

【文化財「歌舞伎」の俳句】

村歌舞伎せりふ覚《おぼ》えてひと安心《あんしん》（小5 空《そら》）

おひねりが顔《かお》にあたって村歌舞伎（小6 美音《みおん》）

裏《うら》で待《ま》つ時間が長《なが》い村歌舞伎（小6 風太《ふうた》）

村歌舞伎終《お》わってこその達成感《たっせいかん》（小6 瑞貴《みずき》）

村歌舞伎やればやるほど好《す》きになる（小6 希伊智《きいち》）

村歌舞伎校長家来《こうちょうけらい》の演技《えんぎ》をし（小6 幸花《こはな》）

衣装着《いしょうき》て役《やく》になりきる村歌舞伎（中1 優那《ゆうな》）

本番の歌舞伎舞台に氷張《は》る（中1 誠純《まさずみ》）

おじちゃんの元気《げんき》あふれる村歌舞伎（中1 晃輔《こうすけ》）

【交流《こうりゅう》している愛媛《えひめ》県の小学生《しょうがくせい》の感想《かんそう》】

「そちらの地域でやっている歌舞伎に興味《きょうみ》を持《も》ちました。実際《じっさい》に見てみたいと思いました」

50 感謝《かんしゃ》する

✽はいくえっせい

おつきさま　いつもひかりを　ありがとう
（小1　あんどう　まとい）

おとうさんはしょうぼうしょではたらいています。あさしごとにでかけるとつぎの日までかえってきません。さみしいです。でもがまんします。おとうさんは、かじ、じこ、びょうきのひとをたすけるのがしごとです。かっこいいです。ぼくのゆめははいぱーれすきゅーになることです。

（お父《とう》さんより）消防《しょうぼう》の世界《せかい》で待《ま》っているぞ！

俳句《はいく》に挑戦《ちょうせん》！

感謝する対象《たいしょう》をとらえましょう

心《こころ》から「よかった」「ありがとう」と思《おも》うことが必《かなら》ずあるはずです。何《なに》を俳句にすればよいのか迷《まよ》っているみなさん。自分《じぶん》が感謝する対象（自《し》然《ぜん》、人《ひと》、もの、など）をよく見《み》て、その様子《ようす》を俳句にしましょう。

【まといさんにインタビュー】

・どうしてお月《つき》さまにありがとうと言《い》うのですか？

「暗《くら》い夜《よる》を明《あか》るくしてくれるからです」

・夜は暗くていいのじゃないですか？

「お父さんは夜も働《はたら》いているので、明るいと助《たす》かります」

・なるほど。文章《ぶんしょう》と俳句のつながりもよくわかりました。お父さんにあこがれているのですね。きっと夢《ゆめ》をかなえてくださいね。

「はい。がんばります」

《はいくえっせいでは》俳句を説明《せつめい》するエッセイになっては残念《ざんねん》です。まといさんのように少し別《べつ》の点《てん》から文章を添《そ》えることができると味《あじ》わい深《ふか》くなりますね。

【自然に感謝】　——季語

つゆあけてみんなうんどうじょうへでる

（小1　蒼太《そうた》）

【人に感謝】

かあちゃんのねがいがかなうながれぼし

（小1　たね）

先生《せんせい》の少《すこ》し汚《よご》れた白《しろ》い靴《くつ》

（中2　智央《としひろ》）

51 小《ちい》さな幸《しあわ》せを

✿はいくえっせい

ばあちゃんがピアノをひくとクリスマス
（小４　堀《ほり》　瑞希《みずき》）

おばあちゃんはピアノを習《なら》っています。わたしの方《ほう》が早《はや》く習い始《はじ》めたのですが、おばあちゃんはよく練習《れんしゅう》するのですぐじょうずになりました。

わたしは三人《さんにん》きょうだいです。よくけんかします。でも、おばあちゃんのピアノが聞《き》こえると静《しず》かになります。心《こころ》がとてももらくになるからです。

（遥佳先生《はるかせんせい》より）おばあちゃんのピアノはきょうだいの心もいやしているのですね。

俳句《はいく》に挑戦《ちょうせん》！

小さな幸せを見《み》つけましょう

誰《だれ》もが幸せになりたいと願《ねが》っています。でも、大《おお》きな幸せを見つけようとしてもなかなか見つかりません。それなら、大きな幸せを探《さが》すより、身《み》近《ぢか》にある小さな幸せをたくさん見つけるようにしませんか。毎日《まいにち》の生活《せいかつ》がどんどん楽《たの》しくなりますよ。

【小さな幸せ】
①ばあちゃんはピアノがじょうずだよ
②落《お》ち葉《ば》が風《かぜ》に乗《の》って動《うご》いているよ
③先生と遊《あそ》んだよ
④ぼくはさつまいもが好《す》きなんだ
⑤家《いえ》の中《なか》はとても暖《あたた》かいよ

↓

【俳句にする】　――季語

①ばあちゃんがピアノをひくとクリスマス　（瑞希）
②おちばがね風の後《うし》ろでおにごっこ　（小2　花木《はなこ》）
③休《やす》み時間《じかん》いつもサッカー先生と　（小2　千紘《ちひろ》）
④毎日《まいにち》のように出《で》てくるさつまいも　（小6　風太《ふうた》）
⑤玄関《げんかん》を開《ひら》くと見える大氷柱《おおつらら》　（中1　晃輔《こうすけ》）

《あどばいす》小さな幸せと関係《かんけい》のある季語《きご》を見つけましょう。その季語を使《つか》って小さな幸せを俳句にするのです。

「俳句わくわく」と教育者の熱情

岐阜新聞元文化部長・論説委員　林　進一

ほぼ毎月、届けられるメールがある。西田拓郎さんからの俳句エッセーだ。転勤や新たな児童・生徒のこと、祭りや地元の人たちとのふれあい、それらが俳句と散文で送られてくる。人びとの暮らしが季節や風土と不可分であることが、その「はいくえっせい」から実感できる。

西田さんは俳句教育の実践者であり、実作者でもある。もちろん学校ではこれまでも、小説や詩歌などの文学作品が紹介・鑑賞されている。だが俳句作りが教育の場で成立するだろうか。鑑賞教育は可能でも句作は個人の才能のもの、教えることは無理ではないか—そんな思いがあった者に、西田さんの公開授業は一つの衝撃だった。

《あさがおが　あさつゆのんで　あいうえお》—「あいうえお俳句」で、児童たちがカスタネットや手拍子でリズムをとり五・七・五を音読している。が、それ以上に声高らかに韻やリズムを楽しんでいるのは西田さんのようだ。教える者と学ぶ者の熱気が教室にみなぎった。指導法の信念だけでも、情熱だけでもない、両者が一体となり、世界で最も短い文芸・俳句を体全体で受け止めているようだった。西田さんの俳句教室の魅力、楽しさを垣間見た思いだった。

「俳句わくわく」を岐阜新聞ＮＩＥ（教育に新聞を）面で連載することを提案したのは２０１３年夏のことだった。五・七・五の言葉と、そこにおのずと映し出される自然と暮らし。そんな俳句教育の実例を読者に届けたい、と思った。村瀬正樹デスク、神保絵利子記者とともに教育委員会に企画案・依頼文を出した。

多くの人びとに親しまれる俳句を改めて考えてみた。季語があり、自然や生活にかかわる出会いが題材となる俳句は、自己と外界・世界とのふれあいを簡潔に捉える文芸と言っていい。俳句は、自我に目覚め、新たな世界に向き合い、成長する若者にこそふさわしい文芸なのではないか。句作は世界を認識し、言葉で表現・創作する喜びの結晶であり、だからこそ人びとに親しまれる文芸となる。西田さんが俳聖芭蕉の「俳諧は三尺の童にさせよ」をよく引用するのも、児童・生徒たちこそ世界との出会いと感動を素直に詠み表現できる、との実感が教育者としてあったからではないだろうか。

13年10月からスタートした「俳句わくわく」は、俳句とエッセーが両輪をなしている。俳句がさまざまな出会いの詩とすれば、エッセーはそうした日常の世界、出来事そのものの叙述になる。西田さんが提唱する「はいくえっせい」とは、自身の言葉による世界の再構築であり、それは教育の場や世代を超え、すべての人びとにも有意義な世界との関わり方であり、生の表現でもあるはずだ。

西田さんが連載初回や俳句教育の講演でこんな実践例を示したことがある。《運動会転んで〇の顔を見る》の〇に何を入れるか、という設問だった。かつて中学1年の男子生徒が「蟻」を入れたという。友人や家族の声援が飛び交うリレーで少年は転んでしまった。仲間の声援が悲鳴となり、他の選手が倒れた自分を次々追い抜いていく。世界が一瞬止まった。その時、倒れた顔の先に1匹の蟻がいた。まるで周囲の騒ぎをものともせず一生懸命走っているようだった。少年はもう一度立ち上がり走り出した、というのだ。

聴き入る大人たちを前に、西田さんは上着を脱ぎ、流れる汗をタオルで拭きつつ、俳句に詠み込まれた主人公の焦り、悲嘆の中で見た世界、そこから生まれた勇気、それを鮮やかに表現したすばらしさをわが事のように熱く語った。あふれる汗は西田さん自身の感動の涙も確かにあったような気がした。

俳句は「座の文芸」とも言われる。結社や句会があり、互いに批評し合う。教育もまた、人と人が向き合う場であり、片方だけで成立はしない。句会参加者が対等であるように、教える者、学ぶ者の両者が生み出す教育の場も対等である。西田さんは子どもたちに俳句の作り方を教え、じっと待つ。そして子どもたちが作品を作ってくれたら「ありがとう」と言い、みんなでたたえ合う。そこに俳句教育への熱情と、子どもたちの力を信じ、尊重する教育者の姿がある。

西田さんの俳句教育を判定し、その喜びを知るのは誰よりもまず教室の子どもたち自身であるだろう。新聞連載「俳句わくわく」では、教育の場でも生きる俳句の魅力とともに、それを支える教育者の熱情をも伝えることができれば、と願っている。

本書は岐阜新聞の2013年10月16日から2017年12月19日まで
「ぎふキッズ新聞」に連載された51回を一部加筆し収録。
本文中の学年などは掲載当時のままとしている。

俳句わくわく51!

発行日　2018年3月10日
編　著　西田拓郎
発　行　株式会社岐阜新聞社
編集・制作　岐阜新聞情報センター 出版室
〒500-8822　岐阜市今沢町12
岐阜新聞社別館4F
TEL 058-264-1620（出版室直通）
製　作　ニホン美術印刷株式会社

ISBN978-4-87797-252-3